夫を愛しすぎたウエイトレス

ロージー・マクスウェル 作

柚野木 菫 訳

ハーレクイン・ロマンス

東京・ロンドン・トロント・パリ・ニューヨーク・アムステルダム
ハンブルク・ストックホルム・ミラノ・シドニー・マドリッド・ワルシャワ
ブダペスト・リオデジャネイロ・ルクセンブルク・フリブール・ムンバイ

BILLIONAIRE'S RUNAWAY WIFE

by Rosie Maxwell

Published by Harlequin Japan, a Division of K.K. HarperCollins Japan, 2024

ロージー・マクスウェル

幼い頃から作家になることを夢見てきた。想像の世界に没頭しているときほど幸せなことはなく、作家になったおかげで、毎日何時間もハンサムなヒーローや魅力的な場所を夢見る正当な理由がようやくできたと喜んでいる。余暇には小説から歴史、ファッションまであらゆる分野の読書と、ヨガをこよなく愛する。現在、イングランド北西部に在住。

主要登場人物

レーガン・ダンバー・リッチ……………ウエイトレス。愛称レイ。
イモージェン………………………………レイの妹。
マギー……………………………………レイの妹。
ネル・パーカー…………………………レイの知人。
ドメニコ・パオロ・リッチ……………レイの別居中の夫。実業家。
エレナ・リッチ…………………………ドメニコの伯母。故人。
ラファエロ・リッチ……………………エレナの夫。故人。
アレッサンドラ・ドナティ……………エレナの顧問弁護士。
ヴィンチェンツォ・ダラゴーナ………エレナの遺言執行人。
ルイーザ・ドゥマト……………………ドメニコの知人。
サンティアゴ・ロルカ…………………ドメニコの取引相手。

1

ドメニコ・リッチは全身の痛みに苦しんでいた。骨が鉛で覆われているかのように体が重苦しい。息を吸うという単純な行為でさえ、胸が焼けるように熱くなり、胃が急激に収縮した。

悲しい、とドメニコは不本意ながら思った。悲しみがもたらす多大な影響を嘆く者は、人生の現実と闘うには弱すぎるというのが、彼の考えだったからだ。結局のところ、死は避けられない。生きとし生けるものの宿命だ。人が亡くなったとき、悲嘆に暮れたり苦悩したりするよりも、その死を祝福するほうがずっといい。

しかし今、この世を去ったのは敬愛する伯母のエレナであり、ドメニコが感じるのは悲しみだけだった。スキャンダルにまみれてこの世に誕生して以来、故郷として愛したヴェネチアが、夕暮れが迫る中、茜色《あかねいろ》と藍色の光に包まれているのを見ても、慰めは得られなかった。

エレナが高齢であるにもかかわらず、ドメニコは心構えができていなかった。彼を拒むことなく、生涯をかけて彼を導き、励ましてくれた唯一の女性を失うことに。彼を愛し、気にかけてくれるはずの人たちが彼を見捨てようとしていたとき、エレナは家を与え、家族のぬくもりを与えてくれた。

そして今、彼女はいなくなった。

エレナもまた、ドメニコの人生から去ってしまったのだ。

彼は窓にかすかに映る自分の姿を見た。唇はこわばり、口の端がぴくぴく震えている。思考は過去をさかのぼり、長年にわたって苛《さいな》まれてきた拒絶と放棄を追体験していた。とりわけ、レイに見捨てられたことを。

レイ……僕の妻。

ドメニコの大きな体が硬直した。彼女のハート形の顔に、乱れた栗色《くりいろ》の髪。驚くほど美しく青い瞳は、どんなに冷たい魂をも射抜くようだ。彼を傷つけたすべての女性の中で、レイが最も深い傷を負わせた。なぜなら彼女はドメニコが自ら選んだ妻だからだ。レイを自分の人生に招き入れ、薬指に指輪をはめて、神の前で誓いを立てた。だからこそ、血のつながった人たちから受けたどんな仕打ちよりも、レイの出奔は彼を打ちのめした。

それゆえ、こんなふうに悲しみに暮れているとき、レイの慰めを切望したのは、我ながら不可解だった。屋敷《パラッツォ》には弔問客が押し寄せたが、今ドメニコが見たいのはレイの姿だけだった。

彼は再びグラスを口に運んだ。憂鬱な気分が僕を感傷的な愚か者に変えたのだと自嘲しながら。

もちろん、彼女は弔問に現れなかった！

レイは僕を捨てた。拒絶した。彼女は結婚生活に対する不満を打ち明ける良識さえ持ち合わせていなかった。妻を不幸にしているものがなんであれ、それを解決するチャンスを与えず、ある日突然、彼女は出ていった。出奔の事実を告げるだけの短い一文をメモ用紙に書きつけて。

彼女は、ドメニコに影響を与えうる最後の人物だった。彼が望んだ最後の女性だった。ただ単に慰めが必要なら、ほかに頼れる女性は数えきれないほどいる。なぜなら、彼が求めるのは一夜限りの情事だけだからだ。

もう二度と、レイに――魂のない裏切り者に人生を捧《ささ》げることはないだろう。

背後の床板がきしむ音がして、誰かが三階にある書斎のドア近くにいる気配がした。そして、ドアが軽く開けられる音が聞こえた。ドメニコはじっとしていた。彼を知る者は誰もが、けっして彼の邪魔をしてはいけないと肝に銘じていた。つまり、書斎にいるのは見知らぬ誰かであり、おそらく彼が歓迎できない何者かに違いない。たとえば、エレナの追悼記事を書くために何かおもしろい資料を探している記者とか。

しかしそのとき、首の後ろの皮膚がちくちくして、鼻がかすかな匂いを嗅ぎ取った。そのとたん鼓動が乱れ、彼はその人物が、記者などではないことを察した。

彼女だ。

「ドメニコ?」

彼の名前を口にするのは奇妙な感じがした。長い間、彼の名前を口にせず、彼のことを頭から追い出していたにもかかわらず、レイ・ダンバーの血はざわついた。

そして数カ月ぶりに見た彼は……。

彼女の視界に入ったのは、こちらに背を向けて立つドメニコの後ろ姿だった。彼は窓の向こうに広がる黄昏《たそがれ》のヴェネチア――波立つ運河と時を超越した優雅な街並みを眺めていた。彼のたくましい背中と、服の縫い目が破れそうなほど広い肩幅に、レイは圧倒された。あまりのすばらしさに、喉がからからに乾き、胸の中で蝶《ちょう》の大群が解き放たれたかのような感覚に襲われた。

レイは、齢《よわい》を重ねて彼が変わっているように、容貌がギリシア神話の美青年アドニスより劣ってるようになどと期待してはいなかった。レイが切望していたのは、ドメニコが彼女に及ぼす影響力が昔よりずっと小さくなっていることだった。まったくなくなっていれば最高だ。しかし、彼を一目見ただけで、そんなことはありえないと痛感した。

「わざわざ来てくれたんだな。だいぶ遅かったが」ドメニコが言った。目に見えるほどの緊張の高まりが、彼のたくましい体のラインをさらに際立たせた。

仕立てのいい黒いシャツの下に、レイは彼の力強い背中の筋肉をはっきりと見て取った。彼女がいくら触れてもけっして飽きることのなかった筋肉を。たちまち、レイはその熱くなめらかな肌に触れたいという衝動に駆られた。

「ええ、ごめんなさい」声を出すために、レイは彼に触れたいという衝動を抑えこまなければならなかった。「エレナの死亡記事を読んですぐに発《た》とうと思ったのだけれど、北極の嵐が迫っていて……列車も飛行機もすべて運行中止になり、今日になってようやく運行が再開され、最初の飛行機に乗ったの」

明らかに憤りがこもっていたドメニコの指摘に、レイは早口で弁明せざるをえなかった。

「きみがここに来るのにそんなに一生懸命になっていたなんて驚きだ」

「どうしても……」レイは即座に返した。「エレナに別れを告げ、すばらしい女性に敬意を表したかった」その言葉にはエレナに久しく会っていなかったことへの後悔がにじんでいた。もう二度と話すことはできないのだ。「ああ、エレナが病気だと知っていたら……」

ようやくドメニコは振り向いた。「どうすればそれを知らせることができたんだ、レイ？　僕たち家族を捨てて出ていったきみに？」

「やめて、ドメニコ」真っ向から怒りをぶつけられてよろめきそうになるのをこらえながら、レイは言った。とはいえ、彼の怒りはもっともだと認めざるをえなかった。「私はあなたと言い争うためにここに来たんじゃないわ」

「そもそも、なぜ来たんだ？」ドメニコは尋ねた。彼女に注がれるまなざしには、危険な感情が躍っていた。怒りは彫りの深い顔にさらに陰影を与え、彼の印象をいっそう威圧的にした。「わざわざやってくる義務はないのに」

「今、言ったでしょう」残忍なまでに男らしい彼の迫力に圧倒されながらも、レイは落ち着いた声を出そうと努めた。

身長百九十五センチ、力強い肩、広い胸、刃物のように鋭い顎、貴族的な鼻。太い眉の下には、マホガニーを磨いたような色合いの目がある。そんなドメニコを見て、彼がリーダーになるために生まれてきたことを否定する者はいない。別の時代に生まれていたら、彼は戦士になっていただろう。

初めて彼を見たとき、レイは思ったものだった。完璧な仕立てのスーツときちんと結ばれたシルクのネクタイは、彼には似つかわしくないと。

「エレナに別れを告げ、大切な人を失ったあなたにお悔やみを言うためよ。あなたの気持ちは察するに余りある。本当に残念だし、気の毒に思う」

本当は、通りいっぺんのお悔やみ以上の気持ちがあった。心身共に大打撃を受けているに違いないドメニコのことを思うと、レイはつらくてたまらなかった。それが、ヴェネチアに戻ってきた最大の理由だった。

エレナの訃報を報道で知ったとき、レイはまずドメニコのことを思い浮かべた。そして、悲しみにくれている彼にどうやって連絡を取ろうかと考えた。ここにいる今も、ドメニコは遠くに感じられた。実際は数メートルしか離れていないのに、何百キロも距離があるかのように。それでもレイは、その距離を飛び越えて彼を抱きしめたくてたまらなかった。それは、パラッツォ・リッチに戻らざるをえなかったのと同じく、言わば本能のようなものだった。

そして、その二つの衝動は、レイの体の隅々にまで警鐘を鳴り響かせた。なぜなら、ドメニコのもとへ駆けつけたことで、過ちを繰り返してしまう恐れがあるからだ。

私はまた囚《とら》われてしまうの、私を不幸にした大きくて抗《あらが》いがたい黒雲に？

事実、ドメニコの姿を見たとたん、この数カ月で私は自分で思うほどには変わっていないのではないかという疑問が湧いた。たとえ今回の訪問が弔問という例外的な出来事であったとしても。

「さて、お悔やみの言葉をかけてもらったところで……」ドメニコが口を開いた。鋭い視線を容赦なくレイの全身に這《は》わせ、彼女の肌をうずかせる。「そろそろ帰るつもりかい、きみを悲惨な状況に追いこんだこの家から？　玄関まで案内してもいいが、玄関の場所はまだ覚えているだろう？」

しばし冷ややかな目でレイの顔をとらえたあと、ドメニコはくるりと背を向けて、再び窓の外を眺め始めた。

目と頬に刺すような痛みが走り、レイは眉根を寄せた。もちろん、ドメニコが冷酷な切れ者であることはずっと前から知っている。何千人もの従業員を抱える世界的なコングロマリットの経営者は、時としてそうした冷酷さが求められた。しかし、厳しい態度をとらざるをえなくなるのをドメニコが好ましくないと考えていることも、彼女は知っていた。そして、レイ自身は、彼に冷酷な態度をとられたことは一度もなかった。

それはむしろ、ドメニコが彼女に対していかに大きな不満を抱いているか、どれほど強い怒りを抱いているかを示していた。だから、レイは彼のもとを去り、屈辱を与えたのだ。それがわかっていたからこそ、ドメニコは私を追いかけようとしなかったのだ、と彼女は考えていた。

しかし今、彼女はパラッツォ・リッチにいた。

不安のあまりレイの心は波立った。ドメニコは明らかに私を必要としていない。速やかに立ち去るべきなのだろう。結局のところ、別居中の妻が家族の葬儀に特別な役割を果たすことはないのだ。ドメニコには大勢のスタッフがいて、必要なことはなんでもやってもらえるし、精神的な打撃を癒やしてくれる仲間もいる。

今にして思えば、レイがヴェネチアまで旅をする理由はまったくなかったのだ。まったく愚かというほかない！

数歩あとずさりしたとき、レイはふいに不穏な意識に駆られた。またもドメニコの機嫌に振りまわされ、以前と同じように反応してしまい、心を閉ざしていたのではないかと。もう二度と自分を偽らないと誓ったにもかかわらず。

ヴェネチアに戻ってきたのは、ドメニコのことが心配だったからだ。エレナの死に、彼が何も手につかないほど混乱しているのではないかと心配した。どんなに気の合う仲間がいても、計り知れない悲しみをぶつけることはできないのではないかと。レイは経験上、ドメニコの心を開くには、何トンもある鉄の扉を手でこじ開けるようなものだと知っていた。だからレイは、彼の怒りに直面するのを覚悟し、彼に向かって歩を進めながら言った。

「あなたは私に去ってほしいのでしょう。でもその前に、あなたが今できる範囲でうまく対処しているかどうか、大丈夫かどうかを確かめたいの。そのために私はここに来た」レイは認めた。「ただ単にお悔やみを述べに来たのではなく、あなたの様子を見に来たの」

ドメニコは嘲笑のようなうなり声をあげた。それは多くのことを伝えているように思えた。とりわけ、レイは一つの疑問を聞き取った気がした。それほどドメニコのことを気にかけているのなら、どうして彼のもとを去ったのかと。でも、と彼女は思った。

彼に対する私の気持ちが二人の間で問題になったことは一度もないでしょう？

「僕は大丈夫だ」

本当に？　レイは問いただしたいのをこらえた。なぜ彼はいつも頑固一徹で、自分のガードをほんの少しでも下げようとしないのだろう？

「そうなの、ドメニコ？」レイは彼の視界に入るまで進み出て、長い指の手に挟まれていたアンティークのクリスタル・タンブラーに手を伸ばした。「何か食べた？　充分に寝ているの？」

「僕のベッドの管理は、もうきみの役目ではない」

ドメニコは自分の睡眠時間ではなく、彼女の問いをベッドの相手についてきかれているかのように答えた。

彼の思惑は狙いどおり、レイの体に熱を送りこんだ。「そうかもしれないけれど、あなたがよく眠れているかどうか心配なの」そう応じたものの、ほかの女性とベッドに横たわるドメニコの姿が脳裏に浮かぶのを止められず、吐き気を催した。「悲しみが体や心や思考力にどれだけ影響するか、私は身をもって知っている。一日がとても長く感じられ、睡眠によって癒やされるのを切望しているのに、いざベッドに入ると、眠りはいつまで待っても訪れない」

ドメニコが首をかしげ、まるで魔女を見るかのようにレイを見つめた。

「二度、私はそんな経験をした。あなたは覚えていない？」

両親を短期間のうちに亡くしたことは、これまでレイが経験したことのない悲しくつらい出来事だった。その混乱からどうやって立ち直ったのか、自分でもわからない。レイは自分が特に強い人間だとも、特別な人間だとも思っていなかった。そして今、こうしてドメニコと再会し、彼の驚異的な力にさらされているとき、確かに自分は強いなどとは少しも思えなかった。ドメニコの人生に再び組みこまれてしまう恐れをひしひしと感じていたからだ。

レイの中で再び警鐘が鳴り響いた。

「いや、覚えている」ドメニコは残っていた酒を飲み干し、グラスを置いた。

薄明かりの中で、彼の口元に深いしわが刻まれているのが見え、レイはそこに疲労と緊張を見て取った。ドメニコが打ちひしがれているのは明らかだ。彼のたぐいまれなハンサムな顔に、これほどまでむき出しの感情が刻まれているのを見るのはこれが初めてだった。ほんの一瞬でいいから、彼に触れ、慰めたかった。

「愛する人の死は本当に悲しいものだ」ドメニコは大きなデスクに腰をあずけ、上体を彼女のほうに向けた。硬いまなざしの奥で何かがうごめく。「きみは喪失感を知っているから、人間関係をもっと大切にすると思っていた。だが、見込み違いだった」彼の表情が読み取りがたいものに変わった。「きみは僕が信じていたような女性ではなかった」

「それはお互いさまじゃないかしら」レイは言い返した。「私たちは二人とも、あの特別な失望の痛みを味わったのよ!」ドメニコも、私が信じていたような男性ではなかったのだから。

彼の顔は怒りに染まり、荒々しい息が吐き出された。「きみはどんな失望を感じたというんだ? 僕はきみにすべてを与え、すべてを捧げたのに」

そのことにレイは異を唱えることはできなかったし、唱えるつもりもなかった。ドメニコは、少なくとも物質的には惜しみなく与えてくれたが、致命的だったのは、彼が提供したものには、代償が伴っていたことだった。

すなわち、常に彼のそばにいる、人生のすべてを彼に捧げる、なんであれ、彼の要求を優先するという代償が。

そうするのは必ずしも難しいことではなかった。ドメニコのことを思いやり、大きな責任を背負っている彼を楽にしてやれるならなんでもすると思うのはたやすいことだった。彼を幸せにすることがレイの幸せにもつながるからだ。そして、ドメニコにとっての幸せは、彼女がいつもそばにいることだった。

しかしある日、レイは自分には何もないことに気づいた。仕事もないし、友達もいない。趣味もなければ、充実した時間もない。万が一、また独りぼっちになったとき、彼女を支えてくれるものは何もないのだ。

それはレイにとって悪夢そのものだった。なぜなら、彼女はそのシナリオの結末を知っていたからだ。

孤独と憂鬱。

レイはそれを間近で見てきた。あらゆる手を尽くしたが、陰湿な痛みの広がりを止めることはできなかった。

あの感情面での空虚で破壊的な場所に戻ることを想像するだけで背筋が凍り、怖くなった。妻がより充実した人生を築くのをまったく手助けしようとしない夫のもとで、その恐怖がしだいに現実味を帯びるのを。

当時の気持ちがよみがえって胃が痛くなり、レイの顔がゆがんだ。それでも、彼女は不安や痛みを追い払った。エレナが埋葬された日に、大勢の弔問客がまだ残っている場で、過去をほじくり返してドメニコと言い争うつもりはない。

「その点については私たちの間に意見の相違があるようね」レイは緊張した面持ちで応じた。

ドメニコは何も言わず、いらだちと憎悪の入りまじった表情で彼女を見すえた。しかし、そこには別の何かも潜んでいて、レイの鼓動に興奮の揺らぎをもたらした。

彼女はドメニコから一歩下がり、肺の中にたまっていた息を吐き出した。「下の階はまだ弔問のお客さまでいっぱいよ。あなたはここにいるべきじゃないい。お客さまの相手をしたほうがいいんじゃないかしら」

彼女の言葉は頑《かたく》なな沈黙で迎えられた。だがほどなく、ドメニコは長い息を吐き、口を開いた。

「ここにいるほうがまだしもだ」彼はきっぱりと言った。「誰もが僕に言いたがっているのは、エレナがどんなにすばらしい人だったかということに尽きる。僕は今、彼女に憤慨していて、それどころではないんだ」

「ドメニコ……」思いがけない告白に、レイは胸を痛めた。

エレナとのつながりは、彼の人生の中でとても大切なもので、レイは彼女に会った瞬間、その理由を解した。エレナには恐ろしいほどの頭脳と豊かな心、そして美しい精神があった。彼女はまた、生後数日のドメニコを引き取って育て、彼の人生における唯一の家族となった。ドメニコの実母についてレイはほとんど知らない。生死も、どういう事情があってエレナに我が子を託したのかも。彼に家族のことをきこうとするたび、頑なに拒否された。

実際、ドメニコの感情や人生について話をしようとすると、彼はいつもレイを黙らせた。出会った当初から、彼女はドメニコが過去に起こったことで心を痛めていると感じていた。その一方、彼は物理的にはレイを喜んで近づけ、彼女の関心をそらせるためにセックスを利用しさえした。

レイは一時期、それぞれが抱えるトラウマが二人をより深く結びつけるのではないかと考えていた。ほかのカップルにはない何かを分かち合えるのではないかと。それが逆に二人の仲を引き裂くことになるとは想像もしていなかった。

しかし、ドメニコが話すのを拒んだことの中でも、彼の家庭環境に関する詳細を打ち明けようとしなかったことに、レイはいちばん傷ついた。自分の生い立ちを知らせまいとするパートナーと、一緒に暮らしていくのは難しい。そうでしょう？　自分の心を見せようとしない夫のために、自分の人生を捧げ続けることができるとは思えない。

けれど今、ドメニコの傷心はあまりにも明白で、レイはその痛みを我が事のように感じ、もはや彼のほうへ足が動くのを抑えることができなかった。ドメニコのもとへ行き、強く抱きしめたくなるのは、ごく自然な感情に思えた。ドメニコにとって、肉体的な触れ合いは、長い一日やストレスの多い交渉事がもたらす緊張を解きほぐす最良の方法だった。ドメニコが心を開くのを促すにはそれしかない。そして今こそそうするべきだとレイは信じた。ドメニコが悲しみと怒りのただ中で孤独をかこっていると思うと耐えられなかった。

レイは父の死後、自分が激怒したことを思い出した。ほかの誰でもない、自分の父親があまりにも早く逝ってしまったことが腹立たしくてならなかった。なぜ私や妹たちはきわめて重要な歯車を欠いてこの先の人生を歩まなければならないのだろうと。

ドメニコも似たようなことを感じているに違いない。その驚くべき屈強な体のせいで、何事にも動じないように見えるが、彼の感受性はすこぶる高く、あらゆる感情をより鋭敏に、より深く受け止める性向があった。

ところが、彼に手を伸ばそうとしたとき、彼の冷たいまなざしが、レイを釘《くぎ》づけにした。

「何をするつもりだ？」

「私は……」

「これが、きみがここに来た理由か？」ドメニコの目は、その答えが肌に書きこまれているかのように、レイの顔を探っていた。「僕を慰め、きみの腕の中に戻ってくるのを望んでいるのか？」

レイは絶句した。

「だが、悲しみに打ちひしがれていたとしても、僕はそこまで愚かではない。きみが僕をさほど大切に思っていないのは明らかだし、きみの仕打ちはそう簡単に忘れられるものじゃない」

ドメニコは手でドアのほうを指し示したが、その目は射抜くような険しさで彼女を見つめたままだった。

ヴェネチアを去るとき、彼は激怒するだろうとレイは覚悟していた。ドメニコは相手に主導権を握られたり出し抜かれたりすることに慣れていなかった。しかし時がたてば、妻が正しかったこと、二人に未来はないこと、そして別離こそ最善の道だったことを理解するだろうと踏んでいた。いまだに怒りがおさまらないなどとは思いもしなかった。

彼を傷つけたくなかった。ただ、これ以上追いつめられたくなかっただけなのだ。ドメニコに話してもいい結果が得られたためしはなかったので、もう一度話す気にはなれなかった。黙って去るのがいちばん簡単だった。こうして彼の頑なな態度を見ていると、そう信じたのも無理はないと、レイは自分に弁明した。

彼女がゆっくりと体の向きを変え、しびれた足を動かし始めたとき、ドア口にアレッサンドラ・ドナティが姿を現した。彼女はエレナの顧問弁護士で、リッチ家とは家族ぐるみのつき合いの友人でもある。

「レイには、ここにいてもらったほうがいいでしょう」

ドメニコとレイの視線がさっと弁護士に注がれた。

「なんだって？」ドメニコは、両手を腰にあてがい、怪訝《けげん》そうに尋ねた。

アレッサンドラは平然と答えた。「明日の遺言書の開示に備え、レイはここに残るべきだと思います。結局のところ、彼女は家族だし、エレナもここにいてほしいと望んでいるはずよ」

よりによってアレッサンドラが弁護してくれたことに驚きながらも、レイは表には出すまいとした。結婚してヴェネチアに来て以来、彼女を知っているが、自分の味方だと思ったことは一度もなかった。

ドメニコはイタリア語で激しく悪態をついた。感情をコントロールするのにかなり苦労しているようだった。「エレナが遺言でレイに言及したというのか？　きみは正気か？」彼の端整な顔に信じられないという表情が浮かんだ。

「遺言の内容に関しては私は何も知りません」アレッサンドラは穏やかに返した。「エレナの最後の願いは明日、関係者全員に同時に明かされます。今、あなた方に言いたいのは、レイがここにいる以上、明日まではこの家にとどまるべきだということよ」

アレッサンドラはドメニコの険しい視線を受け止めた。ある種のやり取りが交わされているのは明らかで、レイは嫉妬を覚えた。

ドメニコは困惑を押し殺し、アレッサンドラからレイへと視線を移した。それからまた弁護士に戻し、両手を上げた。「いいだろう《ベーネ》。彼女は少なくとも明日まではここにいる」

「いいえ、私は……」レイは口を開いたが、ドメニコの鋭い視線に押し黙った。そしてアレッサンドラを見やった。「遺言書の開示は何時から？」

「午前十時、このパラッツォで」

レイはうなずいたものの、遺言書の開示というきわめてプライベートな場に、望まれざる客として参加することを考えて、喉がつまった。しかし、たとえ参加を見合わせたくても、どうしようもなかった。少なくとも今は。

「では、明日また会いましょう」

アレッサンドラはレイにほほ笑み、そそくさと立ち去った。

レイはあとに続きたかったが、ドメニコとの再会で疲れ果て、すぐにでも熱いシャワーをゆっくりと浴びて、柔らかなベッドに潜りたくてたまらなかった。

「きみは今夜、どうするつもりだ？」ドメニコはドアに向かって最初の一歩を踏み出しながら尋ねた。

「ホテルに戻るわ」

「ここに泊まればいい」

ここにとどまることを考えると、レイの心臓は激しく跳ねた。この屋敷には隅々まで思い出が染みついている。先ほど玄関を通った際、ドメニコがかつて彼女を抱いて運んでくれたことを思い出し、喉がふさがり、涙が出そうになった。階段をのぼっているときも、ドメニコの腕の中で幸福感に浸っていたことを思い出し、胸がいっぱいになった。

「いいえ、予定どおりホテルに泊まるわ」

ドメニコは顔を曇らせた。「今日だけは、僕を試すんじゃない、レイ。僕はきみをこれっぽっちも信用していない。だから、僕の目の届くところにいてくれ」

「私を監視するわけ？」レイは彼の声に不信感を聞き取り、食ってかかった。「私が何をすると想像しているの？」

「きみの胸の内を見通せるふりはしないよ」

その言葉はレイに重い一撃を与えた。ドメニコは、レイが大人になってから初めて心を開いた人だったからだ。彼女は今、自分のすべてをドメニコが知っていたわけではなく、彼が望んでいた妻になろうと努力する過程で彼女が失ったものについては何も知らないのだと気づいた。それでも、両親を亡くしたあと、レイが初めて、そして唯一、心を許した人であることに変わりはなかった。

「だが、きみがエレナの遺言にどんなふうに関わっているのか明らかになるまでは、僕の目の届くところにいてほしいんだ。だから、ポーシャに寝室まで案内させるよ」

ドメニコがレイの意向や要求をあからさまに無視して主導権を握ろうとするのはいつものことで、驚くにはあたらない。

レイは怒りに身を震わせ、抗議しようと口を開いたが、言葉は出てこなかった。反論する気力もないほど疲れきっていた。そのため、ポーシャが現れると、素直に寝室まで案内してもらった。一晩ぐっすり眠り、自分らしさを取り戻したら、もう彼の言いなりにはならないと胸に誓って。

私は変わったのだから。彼の決定や要求に黙々と従っていたレイはもういない。

2

ドメニコはパラッツォの金色の闇の中をうろついていた。まるで落ち着きのない動物のように。胸の内であまりにも多くの感情が吹き荒れ、寝ても覚めても神経が休まらない。プライベートジムで限界までトレッドミルで走り、拳が赤くなるまでシャドーボクシングを続けても、不快な感情を取り除くことはできなかった。ただ単に筋肉を疲弊させただけだった。

くそっ、何もかもレイのせいだ。

去っていった彼女も、戻ってきた彼女も、どちらも癪《しゃく》に障る。

ドメニコは多くの問題を抱えていたため、去っていった妻のことなどずっと頭になかった。ところが、窓辺で振り返ってレイに目を向けたとたん、彼の頭は彼女の体のことでいっぱいになった。

帰ってきた妻の中に我が身を沈めて……。

レイをデスクの上に押し倒し、脚の付け根の温かく湿った空間に欲望のあかしをうずめたくてたまらなかった。レイの内なる筋肉が収縮して僕を締めつけ、より深く、もっと奥へといざなう……。

そのすさまじい欲望に、ドメニコは必死に抗《あらが》った。なぜなら、レイを許す気はなかったからだ。捨てられたあともなお彼女を求めるという選択肢は、プライドの高い彼にはなかった。

とはいえ、レイに対する彼の感情には自分でもままならないものがあった。彼女を初めて見たのは、ヴェネチアの空港だった。全身黒ずくめの衣装で、栗色《くりいろ》の髪を陽光にきらきら輝かせていた彼女は、信じられないほど魅力的に見えた。今すぐ欲しいと思った。彼女が何者なのか知りたかったし、ベッドに引きこみたかった。そして、組み敷いたり、上にのせたり、存分に楽しみたかった。そうした欲求の強さは、人通りの多い歩道でドメニコの足を止めさせ、ほかのすべての考えを頭から吹き飛ばした。まさに雷に打たれたかのように。

彼女に対する激烈な欲望はいつもの欲望と違い、いつまでたっても衰えなかった。彼女の体を自分のものにしたことで、渇望はさらに募ったばかりか、予想だにしなかった欲求へと変化した。彼女をそばに置いておきたいという欲求へと。

毎朝、目を開けたときに最初に目にするのは、レイのほほ笑みと青い瞳であってほしい。毎日、朝から晩まで、彼女のぬくもりに包まれていたい。

過去のどの恋愛も、ドメニコの中にこれほど家庭的な何かを芽生えさせたことはなかったし、過去のどの女性も、レイが提供するもの——心から受け入れてくれる温かさと情愛を与えてくれたことはなかった。彼女は言葉には出さなかったが、ドメニコは彼女が恋をしていることに気づいていた。彼の動きを熱心に追う目や、彼に接触するあらゆる機会をとらえて軽く腕に触れたり唇を優しくなぞったりしていたことから、容易に察することができた。夜、彼にぴったりと寄り添う姿も、彼女の恋心を物語っていた。

レイが帰国して二人の関係が終わったとき、ドメニコは大いに不満を抱いた。それほど彼女のとりこになっていたのだ。とはいえ、そんな憂鬱な気分が二日以上続くとは思っていなかった。ところが驚いたことに、四六時中レイが恋しくてたまらず、ついには耐えられなくなって、ロンドン行きのジェットに文字どおり飛び乗った。そして、レイの勤務するブライダル・ブティックの外で待ち伏せして、彼女を驚かせた。

彼がいることに気づいた女性があんなにも喜びを爆発させるのを見たのは、そのときが初めてだった。広げた腕の中にレイが飛びこんできた瞬間、自分の中に居座る固いしこりがほどけるのを感じ、彼女といつも一緒なら人生はよりよくなるだろうと確信した。そして、レイを地面に下ろすなり、彼女を見つめて言った。〝結婚しよう〟と。

彼女は即座に返事をした。〝はい〟

その四週間後、二人はヴェネチアで結婚式を挙げた。ドメニコはそれ以上は待てなかった。できるだけ早く結婚を正式なものにし、お互いの権利を神聖不可侵なものとして新たな生活を始めることを望んだ。自分を愛し、いつもそばにいてくれる妻との人生の新たな章が始まるのを。

回想で頭の中がいっぱいになり、ドメニコは息を凝らして自らを罵った。自分の愚かさを憎んだ。僕は本当に、レイが誰よりも何よりも僕を愛してくれているると信じていたのだろうか？　それまで誰も愛してくれなかった僕を？

　今となっては笑い話としか思えず、哀れな自分に嫌悪感を抱いた。誰かに必要とされることの心地よさに、ドメニコはどっぷりとつかっていたのだ。まわりが見えなくなるほどに。母親に拒絶され、エレナの正式な養子になることもなかった彼にとって、レイとの結婚はかつてないもの――受け入れと承認を与えてくれた。そして生まれて初めて、自分が何かに属しているという帰属意識を持つことができたのだ。

　しかし、ようやく得たものを奪われることが、最初から持っていたものを奪われるよりいかに残酷か、ドメニコは思い知らされた。まさにそれがレイのしたことだった。

　以来、ドメニコは二度と誰かの言いなりになることはなかった。そして、二度と人を信用することはないだろう。レイの裏切りがもたらした唯一の光明は、自分自身の弱さに目を向けさせてくれたことだった。多くの意味で、それは裏切りによるすべての痛みを補うだけの価値があった。

　とはいえ、彼女の顔を見たいと思い、彼女の柔らかな手を肩に感じたいと切望しつつ、レイのいない家に帰るのは苦痛だった。彼女は去り、彼を愛するのをやめ、彼を拒絶したのだ。

　自分の取り留めのない追憶と心の乱れを遮断するために、ドメニコは唐突に足を止めた。そのとき初めて、彼は周囲を見渡し、記憶の迷路をさまよいながらいつの間にかパラッツォの最上階の一つ下の階にあるエレナのスイートルームに向かっていたことに気づいた。移動の面倒くささを減らすため、低層階への引っ越しを何度も提案したにもかかわらず、エレナは一貫して拒み続けた。住み慣れた空間や見慣れた街の景色を手放したくないからと言って。そのときの記憶がよみがえり、ドメニコは胸を締めつけられ、引き返そうとした。エレナのプライベートな空間に侵入するにはまだ早すぎる。だがそのとき、部屋のドアが半開きで光が廊下にもれていることに気づいた。

ドメニコは目を細くしてドアに手を伸ばしかけたところで、突然ドアが開いてレイが現れた。彼女はびくっとして、大きく目を見開いた。

ドメニコは口から出かかったうなり声をなんとか抑えた。もう僕はレイから逃げられないのか？　彼女は心の中だけでなく、家の中でも僕にもつきまとうと決めたのだろうか？

「ごめんなさい」レイはヘッドライトに照らされた野兎《のうさぎ》のようにドア口で固まり、かろうじて言った。

彼女は短いシルクのパジャマに着替えていたが、髪はさっきと同じポニーテールのままだった。

ドメニコは、結わずに無造作に肩へと垂らした髪を指で梳《す》くのが好きだった。そして交際が始まった当初から、レイが破いて楽しめるような服を着て彼のベッドに来るのが好きだった。今レイが着ているのは明らかにその手のものではないのに、彼の下腹部は張りつめた。

「エレナの部屋に入るつもりはなかったの。でも彼女のことを考えていたら、眠れなくなって……」レイは彼の仮面のような顔を見て続けた。「それで、エレナを身近に感じられるこの部屋でお別れを言おうと思ったの。でも、間違いだった。ごめんなさい。私の部屋に戻るわ」

ドメニコの本能は、レイを非難しろと告げていた。この家を出ていかなければエレナを看取《みと》れたのにと。レイがエレナのことを心から愛して尊敬していたこと、そしてエレナが多くの意味で、両親を失ったレイの喪失感を埋めてやっていたことを、彼は知っていた。レイの楽しみの一つは、エレナのクローゼットを探検し、彼女のユニークなドレスを鑑賞することだった。エレナも、それぞれのドレスにまつわる物語を、喜んでレイに聞かせていた。エレナの突然の死は、レイにとっても心底つらかったに違いない。

「いいんだ。きみはエレナにお別れを言う権利がある。エレナもきみのことが大好きだった。僕が現れたからといって、慌てて逃げないでくれ」そう言ってドメニコはため息をついた。ふいに優しさを示してしまったことが悔やまれたからだ。

「ありがとう」彼女はつぶやき、ためらったすえに言葉を継いだ。「もしよければ、エレナが亡くなった事情を聞かせてもらえる？　苦しまずにすんだのかしら？」

「医師は動脈瘤《どうみやくりゆう》破裂の可能性が高いと言った。ほとんど即死で、痛みを感じる暇さえなかっただろう、と」

「よかった。ほっとしたわ。エレナが病気で長く苦しんだりしたら、耐えられないもの」

彼女の目に涙がきらめくのを見て、ドメニコの胸に何かが沸き立った。肺が巨大な手にわしづかみされたような、強烈な感覚だった。以前からレイが動揺するのを見るのは嫌いだったが、今もその光景は彼の心を切り裂き、本能の命じるままに手を伸ばして彼女の頬に手をやり、親指で優しく涙を拭った。

レイの温かなシルクのような肌の感触に、ドメニコの胸は震え、欲望が血管を駆け巡った。それは、女性の熱く柔らかな体に身を任せてからだいぶ時間がたっていることを思い出させた。もしほかの女性に溺れたいと思うときがあるとすれば、今しかないだろう。しかし間違いなく、レイほど彼を溺れさせてくれる女性はいなかった。

前よりも熱く、前よりも原始的になった本能にそそのかされ、ドメニコは親指を下へ移して、レイの柔らかな下唇をなぞった。すると、彼女の青い瞳が燃え立った。

もはやドメニコの中にあるのは焦がれるような欲求だけだった。もう一方の手を上げて両手でレイの顔を包み、一歩、二歩、三歩と彼女をあとずさりさせて、背中を壁に押しつけた。彼女の目をじっと見つめると、レイは熱を込めて見つめ返した。

紅潮した頬、繊細な顎、セクシーな唇……。彼女の顔を目で追ううちに、ドメニコの心臓は高鳴り、鼓動は信じられないほど速くなった。

「ドメニコ……」

それは警告だったのか、それとも、懇願だったのだろうか。ドメニコにはわからなかったし、気にも留めなかった。彼が今しなければならないのは、あと一センチ彼女に近づき、口を近づけることだけだったからだ。そうすれば、全身の血管を駆け巡る興奮を和らげることが、そして再び唇でレイを味わうことができるのだ。彼女が去って以来ずっと渇望してきたものを。

その最後の思いが脳裏にこだましたとたん、ドメニコは凍りついた。そう、彼女は僕のもとを去ったのだ。

なのに、僕は今、いったい何をしていたんだ？

いらいらと小さなうなり声をあげながら、ドメニコは体を引いてレイと距離をおき、荒い息を押し殺そうと努めた。「もう遅い。部屋に戻って寝たほうがいい。長い一日だったのだから」

レイはゆっくりとまばたきをした。その目からしだいに幻想めいた輝きが消えていく。「そうね、あなたの言うとおり」彼女はゆっくりと、そしてふらつきながら、壁から身を起こすと、そそくさと階段に向かった。「おやすみなさい」

「おやすみ《ブオナ・ノッテ》」ドメニコは無造作に髪をかき上げながら言った。

そして、慌ただしい鼓動が落ち着くのを待って自室に戻ると、シャワーを浴びるためにバスルームに直行した。

エレナの遺言書の開示は、パラッツォ・リッチの一階にある大きなサロンで行われた。レイの故郷では、このように関係者一同を集めて遺言書を開示する習慣はなかった。彼女の父親が亡くなったときのように、せいぜいキッチンのテーブルを囲んで遺言書を読みあげる程度だ。しかし、リッチ家のような富と地位を持つ一族には厳粛な儀式が必要なのだ。

十時五分前、レイは誰にも気づかれないよう静かに階段を下りた。そしてサロンのドア近くに座り、儀式が終わったらすぐに退出しようと考えていた。彼女の小さなスーツケースはすでに正面玄関のそばに置かれていて、必要以上にこの屋敷に長居するつもりはなかった。

だが、レイの思惑はすぐに破綻した。サロンに入った瞬間、アレッサンドラがまっすぐ彼女のもとにやってきた。

「レイ、あなたの席に案内します」

「あの……あちらに座ろうと思ったのだけれど」レイは最後列の席を指差しながら言った。

アレッサンドラは即座に首を横に振った。「だめよ。あなたは家族なんだから。家族は最前列に座るものよ」

「ドメニコは気に入らないと思うけれど?」レイは語気を強めて応じた。

「これは彼のことじゃなく、エレナのことなの。さあ、あちらへ」

アレッサンドラは耳を貸さず、最前列に座っているドメニコのすぐ隣の椅子を指差した。彼は昨日とは別の黒いスーツを着ていた。大柄な体に絶妙にフィットしている。

「椅子に座るか、それともただ椅子を眺めているだけか、どっちだ？」

　ドメニコに促され、レイは諦めのため息をついて前に進み、指定された椅子に座った。その際、腕が触れ合い、彼女は感電したような衝撃を受けた。

　昨夜、レイは悶々《もんもん》として眠れない夜を過ごした。二人の間で何が起きたのか考えまいとしても、うまくいかなかった。ドメニコが力強い手で彼女の顔を包みこんだこと、その固くて熱い体で彼女を壁に押しつけたこと、彼の唇がすぐそこにあり、指一本程度しか彼女の唇と離れていなかったこと……。実際にはそれだけで、キスさえなかったからといって、レイの警戒心が緩むことはなかった。なぜなら、ちょっとしたきっかけで二人が突き進む可能性があったことは間違いないからだ。

　あと数秒で、ドメニコの口は私の唇を覆い、さらに胸へ、下腹部へと……。ああ、だめ！

　今の自分の唯一の望みは一刻も早くここを去ることだとレイは自覚していた。そうすれば、前夜の出来事を心の奥底の埃《ほこり》にまみれた棚にしまっておける。軽率な旅行による感情の混乱などなかったかのように。

「ぐっすり眠れたか？」ドメニコは彼女の顔を見ることもなく淡々と尋ねた。

「部屋はとても快適だったわ」レイは当たり障りのない返答を口にした。よく眠れなかったと正直に答えて、胸の内を見透かされたくなかったからだ。

「眠れなかったのか？」ドメニコはさらに尋ね、ようやく彼女のほうに顔を向けた。

　たちまち、レイは底なし沼のような彼の目に吸いこまれ、口の中がからからに乾いた。そのまなざしは愛撫《あいぶ》さながらに彼女を興奮させ、下腹部に熱いうずきをもたらした。いくら腿をぎゅっと締めても、うずきがおさまる気配はなく、レイは椅子から転げ落ちそうな感覚に襲われた。今の彼女の望みはただ一つ、ドメニコの魅惑的な体と一つになることだけだった。

そんな淫らな気持ちをレイがかろうじて振り払うことができたのは、遠くから聞こえてきたアレッサンドラの声のおかげだった。レイは女性弁護士の声を命綱にして、官能的な妄想の泥沼から這《は》い上《あ》がった。

「いいえ、おかげさまでぐっすり眠れたわ」レイはドメニコから視線をそらし、まっすぐ前を見すえた。自分の中で鳴り響く警鐘を無視して、アレッサンドラの挨拶に耳を傾ける。弁護士は出席者をひととおり紹介してから、もう一人の遺産執行人で、エレナの長年の親友でもあるヴィンチェンツォ・ダラゴーナにあとを託した。

遺言書の内容が開示され、遺贈の手続きが終わるまで、一時間くらいだろうとレイは踏んでいた。つまり、あと一時間だけ辛抱すれば、家に帰れる。そう思うと、彼女は少し落ち着きを取り戻した。ドメニコと関わる時間は少なければ少ないほどいい。

震える息を吐きながら、レイは遺言書の朗読に耳を傾けた。ヴィンチェンツォは今、エレナの遺産の一部は特定の慈善団体に寄付されるという趣旨のことを述べていた。エレナの気前のよさと慈悲の心を知るレイにとっては、驚くにはあたらなかった。

「最後に、ビジネスと不動産について申し上げます。故人は、リッチ・グループの全株式を指名相続人であるドメニコ・パオロ・リッチが相続するよう望んでいます。ローマとコモ湖の自宅、パリのアパートメントなど、彼女のすべての不動産もドメニコ・パオロ・リッチが相続します。ただし……」

ヴィンチェンツォが意味深長な間をおくと、アレッサンドラはドメニコのほうに不安そうな視線を投げかけた。それに気づき、レイの中で一抹の不安が頭をもたげた。

「ここヴェネチアのパラッツォ・リッチの相続に関しては、エレナは婚姻条項を付帯条件として加えました。婚姻条項が満たされない場合は、エレナの妹が相続することになります」

周囲から驚きの声があがったものの、ヴィンチェンツォのひとにらみですぐにおさまった。ドメニコは無表情を保ちながらも、スーツの下で上腕二頭筋をわずかにこわばらせた。

「すなわち、ドメニコ・パオロ・リッチがパラッツォ・リッチを相続できるのは、二回目の記念日となる本年十月二日時点で、レーガン・ダンバー・リッチとの結婚が継続している場合に限られます」

ドメニコが体を硬直させた傍らで、レイは衝撃のあまり目を大きく見開いた。

3

ドメニコは室内を行ったり来たりした。じっくり考えれば、この状況から抜け出す方法が見つかるはずだとわかってはいた。ところが、思考力は散漫で、エレナが遺書に記した忌まわしい言葉が頭の中で鳴り響くばかりだった。

「大丈夫？」

一人だと思っていたドメニコは驚き、思わず足を止めて顔を上げた。アレッサンドラが閉まったドアの前に立ち、ドメニコは険しい表情で彼女をにらみつけた。

「どういうつもりです？」ドメニコはいらだちもあらわに尋ねた。彼は何年もかけて鍛えあげた自制心のおかげで、遺言書の開示が始まってから、立ち会った人たちに別れを告げるまで、なんとか平静を保っていた。しかし、今や忍耐の糸は痩せ細って切れる寸前だった。「こうなることがわかっていながら、前もって僕になんの助言も与えてくれないなんて信じられない」弁護士に裏切られたという思いが彼の怒りに拍車をかけていた。

「遺言書の内容は、あなたもご存じのとおり、当人の死まで伏せておかなければなりません」アレッサンドラは反論した。「私は自分の仕事をしただけよ、ドメニコ。遺言書の開示は個人に属するものではなく、公的なものよ」

「僕にとっては個人的なことだ」

「それで、あなたが怒っている理由は、前もって助言を与えなかったことだけかしら?」

「それ以外にどんな理由があると?」

「じゃあ、エレナが設けた付帯条件にレイが関わっていることに腹を立てているわけじゃないのね?」アレッサンドラは間をおいてから続けた。「ドメニコ、あなたの結婚生活について知ったかぶりをするつもりはないけれど、明らかに何かが起きている。レイは何週間も家を空けていたし、その間あなたはずっと不機嫌だった」

ドメニコは不愉快そうに窓の外を見つめ、胸の前で腕を組んだ。「僕の結婚生活がどうであろうと、僕とレイの二人だけの問題だ。部外者に口を挟んでほしくない」

言いながらも、ドメニコはもはやそうではないことを知っていた。二人の結婚にスポットライトが当てられた今は。そして、結婚生活の成否が、彼にとっては信じられないほど重大な意味を持っていた。

超人的な努力のすえに、ドメニコは喉をふさぐ塊をのみ下した。エレナは完璧な策を講じ、草葉の陰から僕を操ろうとしている。僕がパラッツォ・リッチを手放すはずがないことを見越して。まして僕を捨てた母親――エレナの妹に譲り渡すはずがないことを見抜いて。レイとの結婚の維持を含めて、パラッツォ・リッチを所有し続けるためなら僕がなんでもすると、エレナは確信していたのだ。

それこそが伯母の望んでいたことだった。伯母はドメニコに何度も勧めた。ロンドンに行ってレイと話し、仲を修復するようにと。しかし、彼が断固として拒否したため、エレナは自ら甥《おい》夫婦の問題を解決しようと決めたに違いなかった。

とんでもない策謀だが、伯母に腹を立てることはできなかった。死してなお、エレナはこれまでどおりドメニコを守り、世話を焼こうとしているのがわかったからだ。彼女は間違いなく、甥とレイを強制的に同じ屋根の下で過ごさせることによって、関係を修復して今度こそ永遠の絆《きずな》を結ぶよう仕向けたのだ。

とはいえ、エレナの思惑どおりに事が運ぶなどありえない。たとえ、僕がどんなにエレナを失望させたくないと思っていたとしても。

レイはなりふりかまわず僕のもとを去った。彼女は、他人の家の玄関先に僕を捨てた母親と同じように、無感情で無責任な女であることを自ら示したのだ。もうチャンスはない。

ドメニコはこれ以上の苦しみを味わうつもりはなかった。レイと和解する以外の選択肢があれば、彼は間違いなくそちらを選ぶだろう。だが、見せかけだけでもこの屋敷でレイと仲よく暮らしているところを示さなければ、ヴィンチェンツォ・ダラゴーナを納得させることはできないと、ドメニコにはわかっていた。彼はエレナが遺言執行人に指名した人物であり、ドメニコの行状が遺言に合致しているかどうかを最終的に判断する人物でもある。エレナが夫を亡くして以来、ヴィンチェンツォは誠意を持って、しかも完璧に彼女の相談役を務めてきた。ドメニコは、ヴィンチェンツォは伯母の意向を実現するために全力を尽くすと信じて疑わなかった。

仮にヴィンチェンツォがさほど高潔な人物でなかったとしても、聡明《そうめい》なドメニコは、もし結婚生活が幸せそうでなければ、将来、法的責任を問われる可能性があることを充分に承知していた。それは彼にとって重大な意味を持っていた。

その確信は、レイや悲惨な遺言書に対するどんな思いよりも強かった。

ドメニコは目を閉じてこめかみをこすりながら、反論の余地のない事実と向き合い、次の一手について思案した。そして一つだけ思いつき、アレッサンドラに何も言わずに、ドアに向かって決然と歩きだした。遺言書の開示が終わってすぐにレイと話すべきだったと思いながら。

「どこへ行くの、ドメニコ？」

「妻と話す必要がある」

そう答えてドメニコは一階に下り、サロンに入った。しかし、そこはすでに無人だった。

胃の中で恐怖がうごめき、頭の中では彼女を放っておいたことを責める声が大きくなる。ドメニコはサロンを出ると、次々と部屋を見てまわった。

どこにもレイはいなかった。

水上タクシーがマルコ・ポーロ空港へと向かう間、レイは長い髪が顔にかからないようサングラスを頭の上に押し上げた。ボートがもっとスピードをあげるのを願いながら。なぜなら、ドメニコに何も言わずに出てきたことを思い出したとたん、不安に駆られたからだ。妻が逃げ出したことを知った彼がすさまじい形相で追いかけてくるのではないかと。

今さらながらレイはこっそり逃げ出したことをひどく後悔した。でも、ほかにどんな選択肢があったというの？　エレナの遺言がすべてを変えてしまった。ドメニコがパラッツォ・リッチを相続するには、私との結婚を継続するしかない。彼がパラッツォを諦めるはずがないから、私をすぐに手放しはしないだろう。

けれど、あの屋敷にとどまるなど、レイには考えられなかった。

ヴェネチアに戻ってまだ二十四時間もたっていないのに、レイは昔の自分に戻ってしまう瞬間が何度もあった。前夜、恥ずかしくなるほどの速さでドメニコの抱擁に身を投げ出したことが証明しているように、まだ夫に未練があった。体だけではなく、感情面でも。

エレナの遺言書の内容が明かされたあと、レイはしばらくの間、ドメニコが何を感じ、何を必要としているかを考え、自分のことより彼のことを優先していた。それはつまり、レイが半年前の彼女に戻ったことを意味していた。自分の主張や欲求は表に出さずに、夫の言うがままになっていた妻に。自分が何を望んでいるのかさえ、わからなくなってしまった妻に。

しかし、今のレイはもうそんな人間ではなかった。結婚生活で生じた問題に啓発され、彼女は内面をよく見つめるようになり、自分の望む人生と目指すべき女性像について考えるようになった。その結果、結婚生活の破綻による苦悩や胸の痛みを放置できなくなり、ロンドンに戻って自分の人生を再構築することにしたのだ。

ブライダル・デザイナーになりたいという野心を取り戻したレイは、鉛筆の埃《ほこり》を払い、デザインへの情熱に再び身を投じた。もはや人生の転機を座して待つつもりはなく、勇気を振り絞って、かつてブライダル・デザインの道に進むと決めたら支援すると言ってくれた女性に連絡を取った。幸い、好意的な返事が得られると、本格的なコレクションの計画を立てるのに忙しくなった。情熱に身を委ね、明るい未来を見つめて歩きだし、レイは自信と自分の声を取り戻した。

自分自身の欲求や野心を捨てて、ドメニコと一緒にいること、そしてリッチ家の花嫁としての責任を全うすることは、レイの本意ではなかった。しかしドメニコを深く愛し、彼を幸せにしたいと強く願っていたがゆえに、レイは少しずつ本来の自分から遠ざかっていった。

自分が日々の暮らしにいかに流されているか自覚したとき、レイはドメニコに伝え、それを変える方法を模索した。なのに、彼は心を閉ざし、妻と親密な関係を築こうとはしなかった――体の関係を除いて。レイは、再び夫に心を閉ざされるのを、そして二人の関係がいかに希薄かを直視するのを恐れ、彼に不満をぶつけるのをやめ、代わりに逃げ出した。夫に再び挑戦するより、結婚生活の厳しい真実に立ち向かうより、ずっと簡単だったから。

とはいえ、たびたび後悔の念が頭をもたげて苛《さいな》まれるたびに、レイは自分に言い聞かせた。私は変わったのだから、もう勇気や信念を失うことはないはずだ、と。

けれど、独りよがりにすぎなかったのだ。レイは吐き気を催すほどの激しい鼓動と共に、そのことに気づいた。パラッツォにとどまってドメニコとエレナの遺言について話し合うのを避け、パニックに陥って逃げ出してしまったのだ。またしても。

水上タクシーが空港に到着すると、レイは運転手に料金を払い、陸に上がった。胃がきりきりと痛むのを感じながら、スーツケースを引きずってコンコースを進む。だが突然、足が止まった。それ以上は一歩も進めない。

このままロンドンに戻ったら、また新たな後悔に苛まれるとわかっていたからだ。ドメニコが大切な家を失うことになるからというだけでなく、逃げることはなんの解決にもつながらないからだ。前回と同じく。もし本当に自分が変わり、その変化を人にも認めてほしいのなら、私は自分を証明する必要がある。自分が変わったことを、自分が強い女であることを、自分が臆病者ではないことを。

レイはベンチに腰を下ろし、考えがまとまるのを待った。

それから十五分もたたないうちに、レイの前にドメニコが立ち、その大きな体の影を彼女に投げかけた。

「きみはもう最初の便でここを飛び立ったと思っていた」

「そのつもりだったわ」

「だったら、なぜここにいる?」

「逃げても何一つ解決しないと気づいたの。私たちは話し合う必要があるって」

レイは、ドメニコが隣に座る前に、彼の黒い目を驚きの色がよぎるのを見た。

「気づいてもらえてうれしいよ」

レイは彼のほうに顔を向け、目に警告の色を浮かべて言った。「ドメニコ、私はまだ同意したわけではないわ、何一つ」

「もちろん、そうだろう。さもなければ、こんなところに座っているはずがない」ドメニコは同情めいたまなざしを彼女に注いだ。「ほんの数カ月だ、レイ。せいぜい半年。長い人生にあって、六カ月はさほど長い時間ではない」

彼は正しい。半年という期間はさほど長いものではない。それでも、レイの心臓は大きく打っていた。欲望に血を沸き立たせることなく、彼と半年間過ごすのは至難の業に思えたからだ。

「私たちがこの四カ月間、別居していたことについて、あなたは気に留めていないの？」レイは尋ねた。そのことを彼があえて無視しているように思えたからだ。「私がこの街にも、あなたの家にも、あなたの腕にもずっといなかった。それが問題をはらんでいるとは思わないの？　ある日突然、エレナの遺言によって私が戻ってくることに？」

「エレナの遺言書は一般に公開されているわけではない。リッチ家の私的な文書だ」

レイは反論した。「あなたも私も、こういうことは必ず外にもれるものだと知っている。たぶん、もう噂《うわさ》は広まっているんじゃないかしら」

「噂を気にしたことなど一度もない」ドメニコはきっぱりと言い、目をきらりと光らせて彼女を凝視した。「それに、きみが僕たちの結婚から逃げ出したことは誰も知らない」

「誰も知らない……」彼の発言に唖然《あぜん》としてレイは口ごもった。「そんなことがありえるの？　私がパラッツォ・リッチを出てもう何カ月にもなるのよ。私の不在を、誰一人として疑問に思わなかったというの？」

「僕には自分の私生活を大っぴらに語る習慣はない」ドメニコは答えたくない質問がさらに続くのを警戒して冷ややかな口調で答えた。「それに、僕の普段の振る舞いが、周囲の人たちの好奇心を抑制しているようだ。もちろん、中には尋ねてきた者もいたが、その場合には、きみの家族に問題が生じて付き添いが必要になり、妻はそれに対処している最中だと、曖昧に答えておいた。だから、その返答に沿って、家族の問題がようやく峠を越えたうえ、エレナの死という状況を踏まえて帰国を決断したとでも言えばいい」

「私の妹たちの誰が、四カ月もの付き添いを必要としたと言えばいいの？　マギー？　それともイモージェン？」

ドメニコは肩をすくめた。「細かいことで口裏合わせをする必要はない。要は、詳しいことは言わないことだ。重要なのは、きみが夫のもとに戻って幸せな生活を送っているように見せかけることだ」

いったんはおさまったパニックが、レイの中でまたゆっくりと頭をもたげ始めた。「ドメニコ、私たちの間に何事も起こらなかったかのように、また元の暮らしに戻るつもりはないわ。そんなこと、私にはできない」

「僕だって、そんなことはしたくない。これは僕たちが結婚生活を再開するという話ではないんだ、レイ」彼はいらだちを込めて明言した。「そんなのはきみにとっても僕にとっても不快きわまりない。あくまでふりをするだけだ。ヴィンチェンツォ・ダラゴーナを納得させるのに充分な、幸せに満ちたショーを演じるにすぎない。それがきみにとって大きな負担にはならないと僕は確信している。結局のところ、半年よりもかなり長く、きみは献身的で幸せな妻であるふりをしていたのだから」

レイは青い目を稲妻のように光らせた。「この再会劇の中で、私はどれだけ、そうした嫌味に耐えなければならないのかしら？」

「現実というのは過酷なものだ。だが、心配するには及ばない。これから半年間、僕たちの接触は制限される。もちろん、公の場では錯乱するほど愛し合っているように見せなければならないし、二人で公的なイベントにも出席しなければならない。だが、私生活では一緒に過ごす必要はない、まったく」

「なぜ半年なの？　私たちの結婚記念日まではあと四カ月半よ」

ドメニコは彼女を見やった。「記念日の翌日に別れるなんてありえないよ、レイ。周囲の人たちの目にどう映るか考えてみてくれ。別れる際にはそれなりの緩衝期間が必要なんだ。それに、記念日の一カ月後にはリッチ舞踏会が開かれる。そのあとしばらくしてから、僕たちは結婚の解消に向かって進むことができる。喧嘩《けんか》や不仲をリークすればいい。原因は適当にこしらえて。たとえば、エレナが亡くなり、彼女の跡を継ぐことのストレスとか、僕の尋常でない忙しさとか、いくらでもある。それなら離婚してもしかたがないと世間に思わせたあとで、僕たちは晴れて離婚を公表する。パラッツォは僕が所有し続け、きみは自分の道を進めばいい」

「あなたはそれがうまくいくと信じているのね?」レイは尋ねながら、夫の賢明さを認めた。

彼女の言葉に、ドメニコは緊張し、にわかに焦燥感を覚えた。脈拍が速くなる。「正直な話、パラッツォを失う覚悟はできていない。僕にとってはあまりにも大切なものなんだ。だから、必要なことはなんでもやるが、僕一人ではできない。きみの助けが必要だ。お願いだから、ここにいてくれ」

お願いだから――この言葉をドメニコが使うこと自体、きわめて珍しかった。なぜなら、ドメニコはけっして何かを懇願することはなかったからだ。懇願は自分を卑下することだと考えている。それだけに、その言葉は、彼がいかにレイの助けを必要としているかを如実に物語っていた。その切望ぶりは、彼の瞳の暗い奥底にあふれている落ち着きのない感情と相まって、彼女の琴線に触れた。

「相続の問題が解決され次第、僕たちは別々の道を歩むことになる」彼は続けた。「その際、きみは充分な報酬を得る」

「あなたのお金はいらないわ、ドメニコ」レイは眉根を寄せた。自分に対する彼の評価が、報酬を約束すれば心を動かす可能性が高くなると思いこむほど低くなっていることを知ったからだ。実のところ、彼女にとって夫の金などどうでもよかった。

とはいえ、レイはヴェネチアに戻ることで得られるほかの可能性に興味をそそられた。彼女はドメニコに未練を残したまま逃げ出した。できる限り彼のことを頭から追い出し、妹たちにもそう主張していたが、心の奥底では彼のことが忘れられずにいた。それこそが、弁護士に離婚の相談を持ちかけるのをためらっている理由なのかもしれない。

であれば、この半年は、結婚生活にけじめをつけるチャンスになる可能性が大きい。彼としばらく過ごす間に、自分が別人に――自己犠牲や妥協に走ることのない人間になったことや、彼と別れたことが正解だったことを再確認できるかもしれないからだ。そして半年後には、私は良心と自信を失わず、精神的な自由を取り戻して、なんの憂いもなく堂々とドメニコのもとを去ることができるだろう。

そうよ、彼を助けることは正しい。レイはそう信じて疑わなかった。

「それに、これ以上、私の鼻先ににんじんをぶら下げる必要はないわ。あなたに協力すると決めたから。しばらくの間、あなたの妻を続けます」

「ありがとう」

固い唇の間からこぼれ落ちたドメニコの感謝の言葉に、レイは安堵《あんど》の響きを聞き取り、彼の過去に対する好奇心が湧き起こった。どうしてパラッツォ・リッチが彼にとってこれほどまで大切な場所なのか。なぜパラッツォ・リッチは彼の家になり、エレナは彼の後見人になったのか。ドメニコの両親の身に何が起きたのだろう？　なぜ息子を手放す羽目になったの？

それらはレイの頭を悩ませる疑問の一部にすぎず、彼女には尋ねたいと思うことがほかにも数えきれないほどあった。それらの疑問を解くことがドメニコとの関係を清算する助けになるのなら、なおさら。

レイは決然と立ち上がり、背筋を伸ばした。「いったんロンドンに戻って、仕事や雑事を片づけてくるわ。数日中に戻れると思う」

ドメニコも立ち上がり、顔をしかめた。「ロンドンに戻るってどういうことだ？　きみは帰れないよ、レイ」

「でも、戻らなくてはならないの。服だって、今持っているのは、これだけだもの」そう言って、レイは自分の服を見下ろした。

「買えばいい。ヴェネチアにはたくさん店があるんだから。それに……」ドメニコの声にはいらだちがにじんでいた。「パラッツォにあるきみのワードローブには手をつけていない」

過去の生活を象徴する服を再び着ることを考えただけで、レイは身震いした。彼の無神経な言い分に歯を食いしばり、なんとか平静を装って答えた。

「私はロンドンで責任ある仕事に就いている。それを放棄するわけにはいかないわ」

彼女の拒否に、ドメニコの眉間のしわが深くなり、目が陰りを帯びた。従順だったレイしか知らない彼は、困惑もあらわに尋ねた。「どんな責任があるんだ？」

「仕事、請求書の整理と支払い、妹たちのこと」

ドメニコは彼女の顔を探るように見つめながら、不安げに顎を引き締めた。「こんなに急いでロンドンへ戻りたがるのは、男が待っているからか？」

「なんですって？」レイは危うく吹き出しかけた。

彼は一歩近づいた。「聞こえたはずだ」

レイは首を横に振りながらも、まだ笑いたい衝動と闘っていた。「まさか。いるわけないでしょう。どうしてそんなことをきくの？」

「なぜなら、二度ときみにばかにされたくないし、この茶番劇が無意味なものになってしまう危険を冒したくないからだ。だから、もし男がいるなら、今すぐ教えてくれ」

その言葉と口調に挑発されたかのように、レイは彼に歩み寄り、顔を上げて彼の視線を受け止めた。その目には怒りの炎が燃えていた。「まず、私が言いたくないことをあなたに言う必要はない。でも、この際だから、誰もいないと言っておくわ。第二に、これは交渉ではない。私はロンドンに帰り、遅くとも三日後には戻ってくる」

ドメニコは呆然《ぼうぜん》と彼女を見つめ返した。言葉を失っているようで、レイはしばし勝利の喜びに浸った。

しかし、彼はものの数秒のうちに気を取り直し、セクシーすぎる口の端にほほ笑みを宿した。「了解《ベーネ》。きみはロンドンに帰るがいい」

あなたの許可を求めたわけでも、必要だったわけでもない――そう言おうとレイは口を開いたが、彼に先を越された。

「ただし、僕も同行する」ドメニコは言い、手を伸ばして彼女を引き寄せた。

4

翌朝、ドメニコとレイを乗せたリッチ家のプライベートジェットはロンドンの空港に着陸し、二人はそこからホテルに直行した。

ドメニコには言いたいことは山ほどあったが、四カ月前の彼女の出奔にどれほど苦しんだか、レイには知られたくなかった。そのため機内でも口をつぐみ、仕事に没頭した。だが、ふと向かいの席に座るレイに目をやった瞬間、かつてのように彼女を貪りたいという衝動に駆られた。

ジーンズに無地のTシャツ、着古したレザージャケットというシンプルな格好のレイは、とても美しかった。その服が彼女のほっそりとした体型を包みこみ、砂時計のような曲線美を際立たせている。その曲線に手を触れたくてたまらない自分に、ドメニコはうんざりした。

洗いたての髪が輝き、肩の上でカールしている様子もなまめかしく、彼はもう一度そのつややかな長い髪に指を差し入れたかった。そして髪を指に巻きつけて彼女の頭を後ろに傾けたい。レイの口が彼のキスを受け入れる角度になるまで。

車に乗りこむと、ドメニコはあえて外を眺め続けた。しかし、ふいに窓にレイの姿が映ると、豊かな唇と青い瞳がかきたてる欲情に全身が張りつめた。手を伸ばして彼女を膝の上にのせるのは簡単なことだと思う。下腹部を彼女のヒップに押しつけて……。

たちまち痛いほどの興奮を覚え、ドメニコはうめき声をかろうじてのみこんだ。なぜ僕はレイに対するこんな地獄のような欲望にいつまでも苦しみ続けるんだ？　彼は知らず知らず、手と唇と舌を駆使して彼女を愛撫《あいぶ》し、病みつきになる喜悦の声をあげさせている光景を想像していた。レイが彼に愛情も尊敬も抱いていないことが明らかになったにもかかわらず。その不平等な感覚がドメニコを憤慨させ、全身全霊で何かを切望していた頃の記憶と、そのあとに続いた屈辱的な拒絶の記憶を呼び覚ました。

ドメニコはいつも母親について考えていた。エレナは、ただ彼の母親がエレナに息子を託さざるをえなかったという事実だけしか話さなかった。そのため、想像力豊かな少年だったドメニコは、なぜ母親が自分を置いていかなければならなかったのか、母親が戻ってきたらどうなるのかなど、ありとあらゆる想像を巡らせた。ようやく母親の正体を知り、写真を見たとき、彼女は想像していた以上に美しく、彼の空想はさらにふくらんだ。

母親がヴェネチアにいると聞いたとき、その空想は現実になりかけているように思えた。ドメニコは、彼女が自分を見守るためにヴェネチアにとどまっているると確信していた。いつか息子に会うために。しかし、ついに親子の対面を果たしたとき、彼の空想は無残に裏切られた。母親が少しも喜んでいるようには見えなかったからだ。視線をおずおずと息子に注いだかと思うと、彼女はまるで彼のことをまったく知らないかのように顔をそむけた。

ドメニコは打ちひしがれ、ひどく動揺した。だが、あまりに愚かで、希望を捨てきれずにいたため、懲りもしないで母親の家まで会いに行った。そのときのことは吐き気を催すほど明瞭に覚えている。ほんの数分でいいから話をしたいと懇願したのだ。だが、母親は彼を追い払った。その視線は、彼女にとって彼は無価値だと告げていた。そのときの母親の視線が、人を寄せつけまいとして心のまわりに高い壁を築かせたのだ。レイが現れるまでは。

しかしながら、ドメニコも年を重ね、より賢明になった。その自覚と共に、レイに対する感情も昔とは違う、と彼は自分に言い聞かせた。今の僕は自分の体と、無謀なほど早鐘を打つ心臓と、さらに無謀な欲望が伝えるメッセージを無視することができる。僕がレイに求めたのは、パラッツォ・リッチを確実に相続するための協力だけだ。ほかには何も求めていないし、何かを懇願するつもりもない。

それが、ホテルの玄関先に車を止める前にドメニコが思ったことだった。しかし、チェックインを終えてエレベーターという密閉空間に入ったとたん、レイの優しい香りに襲われ、ドメニコの自信は揺らいだ。体の上にのせた彼女を下から貫き、レイが彼の上で動きだす――そんな光景が再び頭の中いっぱいに広がり、たちまち彼の気持ちは暗く沈んだ。

スイートルームに入ると、彼はすぐさまテラスに通じるドアまで歩いていき、押し開けた。景色を眺めるためというより、部屋に春の空気を引き入れてレイの香りを薄めるために。

まだ正午を過ぎたばかりなのに、ドメニコは疲労を感じ、最高級のコーヒーメーカーを利用して濃いエスプレッソをいれ、テラスへと運んだ。コーヒーを飲んでいると、彼女がスイートの奥から、ジャケットを着たまま肩からバッグを提げて出てきた。

「どこかへ行くのか？」

わかりきったことをきかないでとばかりに、レイは眉を上げた。「ロンドンに戻ってきた目的を果たすために決まっているでしょう」彼に背を向けてドアまで歩き、ノブに手を伸ばす。「しばらくしたら戻るわ」

「その言い方は、漠然としすぎていて、僕の好みじゃないな」

レイの肩がこわばった。ドメニコはなぜか、彼女が深呼吸を三回してから返事をしようとしているような印象を受けた。彼女は常にのみこみが早く、反論も鋭い。帰国するというレイに異議を唱えたときのことを思い出す。ドメニコは彼女の戦闘的な態度に虚を突かれ、彼女の変身ぶりにいささかたじろいだ。

「会社に辞表を提出し、そのあと家に帰って妹たちに会って事情を話し、荷物をまとめるわ」

ドメニコは彼女の顔を凝視し、嘘《うそ》をついている気配はないか探った。結局のところ、レイは何カ月にもわたって、僕と同じく結婚生活に満足しているように見せかけ、僕を欺いてきたのだから。

「わかった」彼はカップを置き、携帯電話に手を伸ばした。「車を呼ぶよ」

「必要ないわ」

「きみは荷物を持ってロンドン中を歩きまわりたいのかもしれないが、僕は違う」

「私に同行するわけじゃないんだから、あなたの気持ちは関係ないでしょう」レイは慌てた様子で言い返し、息をするたびに上下する胸の前で両腕を交差させた。我が身を守るかのように。

そのしぐさによって目が彼女の豊かな胸に吸い寄せられ、ドメニコはいらだった。その胸を揉《も》みしだいたときに彼女がどんなふうに反応したかを思い出してしまったからだ。彼女は僕の下でもだえ、息も絶え絶えにもっと欲しいと懇願して……。

ドメニコは無理やり淫らな記憶を振り払い。なんとか声を絞り出した。「僕もきみと一緒に行くのだから、大いに関係がある」

突然、レイの青い目に憤怒《ふんぬ》の炎が燃え上がり、もともと明るい色がいっそう鮮やかになった。「私は一人で行くから、お気遣いなく」

「いや、一緒に行く」ドメニコは椅子の背もたれにかけていたジャケットを取り上げて羽織った。

「エスコートは必要ないわ、ドメニコ」彼がその冗談に応えなかったので、レイはいらだたしげにため息をついた。「私はこの茶番劇を演じ通すと約束したはずよ。あなたは私が何をするつもりだと思っているの？　私が街の雑踏の中に消えて、二度と姿を見せないとか？」

「いや、そんなことはけっして起こらない」ドメニコは声を荒らげて答えた。「僕が許さない。レイ、きみは約束したのかもしれないが、それがどうしてあまり意味をなさないのか、きみなら理解できるはずだ」

愚かにもレイを求めているかもしれないが、もう一度信用するほどドメニコは愚かではなかった。彼女に裏切られたあとでは。

少なくともレイが彼女の役割を果たし終えるまでは、目を離すつもりはなかった。加えて、レイが夫を捨ててまで新たに選んだ人生に興味を抱いてもいた。いささか自虐的だが、彼女にとって夫よりも、二人の結婚生活よりも価値があるものとはなんなのか、ぜひ知りたいと思った。

「まあ、そういうことだから……」ドメニコはそう言ってから、彼女のとげとげしい視線を無視して、手ぶりでドアを指し示した。「きみからどうぞ」

これこそが、レイが僕を同行させたくなかった理由だったのか。ドメニコの頭の中はそのことでいっぱいだった。

今、車はレイが働いていたらしい郊外のワンズワースにあるビストロを出発し、彼女の家に向かっていた。

繁華街のレストランでホステスとなり、妹たちと一緒に育った家に戻る——それがレイの選んだ新しい人生だったとは。

ドメニコにはとうてい理解できなかった。僕は妻にありとあらゆるものを与えることができたのに、彼女は本当にこんな暮らしを選んだのか？

かろうじて怒りをこらえて彼はジャケットの内ポケットから携帯電話を取り出し、いらいらしながらメールボックスを開いた。

そのとたん、出会ってすぐにメールアドレスをレイに教えるという判断ミスを犯したことを思い出し、自分に腹が立った。彼女のことを過去につき合った女性たちとは違うと考えたことにも憤りを覚えていた。エレナもレイにだまされていたことを思い起こしても、ほとんど慰めにはならなかった。

伯母は、レイは自分と同じような精神の持ち主だとよく言っていたが、レイの行動はそれを完全に覆した。エレナはドメニコの知る限り、最も賢く、優しく、誠実な人だった。彼はときどき、伯母は早くに夫ラファエロに先立たれた寂しさを埋めるために、そして念願の跡継ぎを得るために僕を引き取ったのだろうかと疑ったが、彼女の愛情を疑ったことは一度もなかった。

しかし、その醜い疑問がドメニコを懸命に働かせる原動力となり、ラファエロが築いたリッチ・グループは彼やエレナが夢見た以上の発展を遂げた。ドメニコは、誰も欲しがらなかった赤ん坊を引き取ったのは正しかったと、エレナに証明してみせたのだ。それでも彼は、自分が伯母の与えてくれた愛と関心に充分に報いたとは思えなかった。

生後まもなく捨てられたことが、あたかも〝親に望まれなかった存在〟という汚点として永遠に刻まれたかのように、どんなに一生懸命に働いても、何をしても、ドメニコはその痕跡とそれにつきまとう感情を消せはしなかった。

そのせいで、彼は周囲の人たちと心から打ち解けることができなかった。彼が属することになった上流社会ではなおさら。歓心を買おうとドメニコに近づき、ちやほやする人々が、本当に彼と親しくなりたいと思っているのか、それとも、彼の莫大《ばくだい》な富と地位に魅せられているだけなのか、見分けがつかなかった。

ただし、レイに限ってはそんな心配をする必要はなかった。今でこそドメニコの名は全世界に知れ渡っているが、二人が出会った当時、彼の知名度はイギリスではまだそれほどではなく、レイは彼の資産状況も〝リッチ〟の名も知らなかった。彼女の関心はもっぱらドメニコという一人の男性にあった。少なくともしばらくの間は。そしてその関心が薄れたとき、彼が提供する贅沢《ぜいたく》な暮らしさえ、彼女をとどまらせるのに充分な誘因にはならなかった。

結局、レイも彼を求めなかったのだ。ほかの多くの人たちと同じように。

ドメニコはメスで皮膚を引き裂かれたような痛みに襲われた。とっくの昔に捨て去ったと思っていた感情に。たとえ小さな破片が残っていたとしても、レイが去ったあと、棘《とげ》のように摘み取って処理したはずだった。だが、その痛みの根っこがまだ残っていたらしく、新たな刺激を受けて再び芽を出して枝葉を広げ、彼の思考と気分を毒した。そして、彼の意識をあの日へと押し戻そうとしていた。凍《い》てつくような土砂降りの雨の中に立ち、家族との面会を懇願したすえに、鼻先でドアをぴしゃりと閉められたあの日へと。

その耐えがたい記憶をよみがえらせたレイを、ドメニコは憎んだ。彼女にとって自分はよい夫だと自負していただけに。

妻として、レイは何も望まなかったし、もちろん働く必要もなかった。彼女はドメニコと豪華で快適な旅を楽しみ、世界で最もエキサイティングな都市を次々訪れて、ほとんどの人が夢に見ることしかできない贅沢な時間を過ごした。

彼女の唯一の責務は、もしそう呼んでもよいのであれば、家族や会社の代表として、冷静かつ優雅に振る舞うことだった。大切な社交行事に出席したり、慈善団体と協議したりするために。あるいは、リッチ・グループを代表してパーティを開催するにあたって、イベント・プランナーのチームと打ち合わせをするために。

何が理由でレイは僕のもとを去っていったのだろう？　ドメニコはその答えをいまだに持っていなかった。

窓の向こう側を飛び交う人生は、そもそもレイがドメニコと一緒になるために捨てたものだった。彼女はそれを造作もなく、喜んで捨てた。だったら、なぜ彼女は元の世界に戻ったんだ？　もしかしたら、僕を愛するのをやめたからかもしれない。

僕では飽き足りなかったのだ。

僕の人生の物語では。

だが昨夜、レイは僕と同じく、二人の間に渦巻く炎に屈服しかけていた。僕は彼女の感情を支配し続けている可能性もある。

だとすれば……。

ちくしょう《バスタ》！

もううんざりだ！

あまりにも多くの希望に毒されていたドメニコは、その危険な思考の流れにいらだち、無理やり思考を遮断した。レイが去った理由などどうでもいい。たとえ彼女の心の奥深くに潜りこみ、彼女の思いや考えを理解できたとしても、それで何が変わるというんだ？　何も変わりはしない。過去はけっして変えられないのだから。

レイは僕を裏切った。信頼を打ち砕いた。一緒に築いてきたものすべてを壊した。だからドメニコはもう何も考えず、解決できる問題だけに集中しようと決めた。

ワンズワースの並木道にある実家の前で車が止まると、レイはほっとした。ようやくドメニコと一緒に閉じこめられていた密閉空間から逃げ出すことができるからだ。

「お茶でもどう？」彼女は礼儀正しく申し出た。

「いや、車の中で待っている。返信しなければならないメールがまだあるし、きみは妹さんたちと水入らずで過ごしたいだろう」

レイは安堵《あんど》したが、彼の前ではおくびにも出さなかった。通常の倍の時間がかかったように思えたフライトに続き、交通渋滞にはまって家に着くのにいつもの倍以上の時間がかかったあとでは、息抜きが必要だった。ドメニコに対する体の反応にも辟易《へきえき》していたうえ、彼女が地元のレストランでウエイトレスとしてパートで働いていることを知って以来、彼から放たれている不穏な雰囲気から逃げたかった。リッチ・グループの元幹部たちはドメニコのその不穏な雰囲気に怯《おび》えて暮らしていたが、彼がレイに対してそうした不機嫌さをあらわにしたのは数えるほどしかなかった。最も記憶に残っているのは、あるイベントへの同行を断ったときだった。

鍵を開けて家に入ったレイは、ドアを閉めないうちに妹たちに飛びつかれた。みんなで居間に座り、レイはこれまでの経緯とこれからのことを噛《か》んで含めるように丁寧に説明した。

「じゃあ、姉さんはヴェネチアに戻って彼と一緒に暮らし、向こう半年は結婚生活を続けるつもり？」マギーはあきれ果てたように、あんぐりと口を開けた。「正気の沙汰とは思えない」

「マギー！」すかさずイモージェンがたしなめた。

しかしマギーはめげなかった。「そんなの、ばかげているわ。イモージェン、あなただって本当はそう思っているくせに」

「ばかげていることは承知しているわ」レイは妹たちを見つめながら認めた。「でも、彼を助けるのは正しいことだと思う。彼にとっても、私にとってもね」

妹たちの懐疑的な表情を見て、レイはさらに説明を加えた。

「彼との関係に区切りをつけたいの。楽しみにしていることがたくさんあるのに、ドメニコがいつも心の奥底に潜んでいて、暗い影を投げかけてくる。それを断ち切るには、いったん戻って私がいかに変わったかを彼に知らしめる必要があるように思うの。彼の家を出たあとで、私が何を学んだか。私は変わったし、同じ過ちは繰り返さない」

「レイ、どうしてそんなふうに言えるの？　確かにドメニコと結婚していた頃の姉さんとは全然違うけれど。イモージェンも私もそう思っているわ」

「本当にそう思う」イモージェンは即座に同意した。「自己主張が強くなって、ブライダル・コレクションに強いこだわりを持って全力で取り組んでいる。

私たちは、姉さんがしていることに感動し、心から誇りに思う」

「そう言ってもらえると、とてもうれしいわ」レイは妹たちの手を取りながら言った。「でも、今度のことは私にとってどうしても必要なの。私自身のために」

「じゃあ、そうして。私たちは姉さんのためにここにいるのだから」

妹たちが理解を示してくれたことに満足したレイは、二階に上がって荷造りを始めた。通りを見下ろす寝室の窓からドメニコの車が見えた。彼は後部座席に座り、片方の手をしきりに動かしながら携帯電話で話している。その見慣れたしぐさに、レイはにわかに緊張を覚え、胸がどきどきした。

たった半年間の辛抱よ。内なる声が励ました。レイ、あなたならきっとできる。緊張する必要はない。きっと自分がどれだけ変わったかを証明できる。彼のそばにいても自分を犠牲にしないですむことを。母のように苦しむ必要はないのよ。そうすれば、あなたは明確な信念と、自分自身に対するより大きな自信を持って、ドメニコのもとを立ち去ることができる。

その言葉に勇気づけられ、レイは窓に背を向け、スーツケースに手を伸ばした。試練に立ち向かうのは早ければ早いほどいい。その分、早く試練を乗り越えてその先に進めるから。

そして、あの輝かしいながらも苦痛に満ちたドメニコとの人生に、終止符を打つのだ。

5

レイがヴェネチアに戻って三日後、週明けに開かれるブラックタイの舞踏会に出席するとドメニコに告げられた。彼は、それがレイに期待する務めだと言い、彼女も同意していたが、それでも彼の腕に抱かれて踊ることになる舞踏会に出席すると思うと、胸を締めつけられた。それはただ単に、公の場で二人の結婚が現在進行形であることを示すというだけではなく、ドメニコの腕から逃れられないことを意味していた。

ヴェネチアに戻ってからの数日間、レイはドメニコとほんの数回しか顔を合わせていなかった。彼はプライベートでは別々に過ごすという約束を守っていた。レイは一人の時間をブライダル・デザインの仕事に費やし、新しいアイデアや進行中の仕事に取り組んだ。休息が必要なときは、水路沿いを散歩したり、カフェの窓からにぎやかな広場を眺めたりして、長い間レイの心をとらえて離さなかったこの街を満喫した。けれど皮肉なことに、私的な空間での接触やコミュニケーションの欠如が、彼と一緒に公の場に出るときの緊張感を高めていた。交流ゼロの男女から一足飛びに恋人同士のふりをしなくてはならないのだから。

一時的な復縁に同意したとき、レイは明らかにそのふりをしなくてはならないことに気づいていた。しかし、再びドメニコと同じ屋根の下で暮らすことへの不安や恐れで頭がいっぱいで、現実的なことはほとんど考えていなかった。

しかし今、彼女の頭は、自分の体にドメニコがどうやって触れ、どんなふうに抱くか、そのことで占められていた。

夫は肩や腰にさりげなく腕をまわしたり、頬を撫《な》でたり、髪に指を差し入れたり……。そしておそらく、キスをして、そのダークチョコレートのようなまなざしで私をとらえながら、ゆっくりと抱きしめるだろう。私の期待はふくらみ、情熱の赴くまま唇を開いてキスに応える……。

そのすべてがスローモーションのようにレイの脳裏に映し出され、何かが彼女の肌をざわつかせた。レイはそれがなんなのか知りたくなかった。なぜなら、それが何かを理解したとたん、現実になってしまう気がしたからだ。絶対に現実にはしたくなかった。半年後に無傷で彼と別れるために。

不安を抱きながらも、約束の夜、レイはおめかしをして、ドメニコと会うためにパラッツォの長い階段を下りた。彼から新しいクレジットカードを渡されていたが、レイは新調せずに古いワードローブからドレスを選んだ。それはイタリアの有名なデザイナーが手がけた黒いシルクの古典的なデザインで、ストラップは細く繊細で、背中がかなり深くくれている。レイの理想よりは露出度が高いが、彼女の手持ちの中で唯一の黒いドレスだった。

黒を選んだのは、派手な色合いのドレスを着て注目を集めたくなかったからだ。もっとも、常に注目を集めずにはおかないドメニコのそばにいる限り、無駄な努力ではあるけれど。

ドメニコは階段の下でこちらに背を向けて待っていた。突然、膝の力が抜けて体を支えきれなくなり、レイは手すりをつかんだ。

裸の彼は見る者を魅了し、欲望を刺激するが、レイは常々、服を着た彼も同じくらいセクシーだと思っていた。今の彼の姿は、レイのその見方を裏づけていた。かつては、豪華な晩餐会《ばんさんかい》に出席する楽しみの一つは、夜の終わりに、彼の体から衣服を剥がし、その下にある熱い肌を味わうことだった。もはやそんな特権があるわけでもないし、それを望んでいるわけでもない、と彼女は強く自分に言い聞かせた。

彼女のヒールがたてる音を聞いて、ドメニコが振り向き、二人の視線が絡み合った。レイは彼の目に吸いこまれそうになり、喉をごくりと鳴らした。けれど、彼は顎を引き締めただけで、何も言わなかった。そして背後のテーブルに向かい、ベルベットの箱を取り上げた。

「これを身につけるといい」彼が蓋を開けると、ダイヤモンドのチョーカーが現れた。

レイは息をのんだ。「それはエレナのものよ」

「そうだ。伯母のコレクションの中でも特に称賛されているものだ。彼女が身につけていたものを、今夜きみが身につけることで、僕たちの結婚生活が完璧であることを示せる。愛してもいない疎遠な女性に、そんな貴重なものを身につけさせるわけがないからね。そうだろう？」

レイは再び息をのんだ。豊かな黒い瞳の硬い輝きや、シルクのようになめらかな声音から、彼の胸の内を読み取ることはできない。しかし、家宝と言っていい貴重なチョーカーを身につけることを彼女に許すというのは、この見せかけの結婚生活がドメニコにとっていかに重要かを物語っていた。そのため、断りたいのはやまやまだが、それが今夜の始まりとして賢明な判断でないことは明らかだった。レイはしかたなく、彼にチョーカーをつけてもらうために体の向きを変えた。

ドメニコは巧みな指使いでそれを彼女の首につけた。彼の熱い指がレイの震える肌を撫でる。そのとたん、彼女は体から力が抜けてその場にくずおれそうになった。この数分のうちで二度目だ。彼はあまりに近くに立っていて、レイは彼の体の強さとぬくもりを感じ、たくましい腕に包まれたいという衝動に駆られた。

だが、ドメニコは彼女の肩をつかみ、アンティークの鏡の前に立たせた。「どう思う?」問いかける彼の黒い瞳は彼女の目をじっと見ている。きみが何を感じているのかはお見通しだと言わんばかりに。

レイは胸をどきどきさせながら彼の視線を受け止めた。「すてき」

彼の熱いまなざしに、レイの息が荒くなった。私と同じように、彼も二人の間に流れる情熱と憧れの波動を感じているのだろうか? そのまなざしにある闇の中には、何百万もの思考や感情が閉じこめられているように見える。そして、レイもまた、自分の中を駆け巡る重い感情に喉を締めつけられ、言葉を発することができなかった。

レイは必死にドメニコの顔を凝視し、彼の血が自分と同じように熱くなっている兆候を探ろうとしたが、それを発見するのも、何も見つからないのも怖い気がした。

「そろそろ出かけよう」ドメニコはそう言って体の向きを変え、玄関へと歩きだした。

肌のほてりはすぐに冷めたものの、血はまだ熱く、レイは自分の愚かさを呪った。彼の近くにいるだけでこんなふうになってしまうのなら、実際に彼に触れられたらどうなるの? エレナの葬儀の夜に起こりそうになったことは、彼女がいちばん繰り返したくないことだった。そうならないための唯一の方法は今すぐ境界線を設けることだとレイは気づいた。

そこで、レイは以前は考えもしなかったようなことを切りだした。「出かける前に、いくつかの基本的なルールを決めたほうがいいと思うの。私たちは熱烈に愛し合っているとみんなに信じさせる必要があるのはわかるけれど」

ドメニコは眉をひそめた。「たとえば?」

「私たちがお互いに愛情を注いでいるふりをする必

要があることは理解しているし、それはかまわない。無理のない範囲なら。だから、唇を重ねるキスはしないほうがいいわ」レイはきっぱりと言った。「別に妙なことじゃないと思う。人前でそのようなキスを控えているカップルはたくさんいるもの」

「僕たちがそういうカップルだったという記憶はないが？」ドメニコは見下したような口調で応じた。

彼の言うとおりだが、これこそレイが変わったことのあかしだった。二人の関係において、これまで彼女が自分の意向を押しつけたことはなかったのだから。

ドメニコの揺るぎない視線にもひるむことなく、レイは自分をしっかり保って反論した。「あからさまな愛情表現をしなくても、私たちは幸せな結婚生活を送っているとアピールすることはできるはず」

「ふむ。わかった」ドメニコは顎を引き締め、ついに同意した。「今夜はキスはしないでおく。だが、それ以外のことはしっかりとやろう。説得力が出るように」警告の表情を浮かべてつけ加える。「ヴィンチェンツォ・ダラゴーナはまだこの街にいて、今夜の舞踏会にも出席するようだ」

レイはうなずいたものの、喉をふさいでいた小さな塊が三倍の大きさになった。まるで裁判官と陪審員がその場にいるようなプレッシャーを感じたかのように！

二人が到着したときには、舞踏会場は人であふれ返っていた。ドアを通り抜ける際、ドメニコは彼女の手を強く握りしめた。その強い握り方に、きみは僕のものだと主張されている気がしたが、さほどいやな気持ちは湧かず、レイはそのことにショックを受けた。

予想どおり、すべての視線が二人のあとを追いかけてくる。美しいドレスの下で、レイの心臓は激しく打ちだした。平静を取り戻そうと、豪華な会場を見渡す。高い天井、きらびやかな三連のシャンデリア、一画に陣取る弦楽オーケストラ。部屋のところどころには巨大な花瓶が配され、見事な花々が馥郁《ふくいく》たる香りをあたりに漂わせていた。

　レイとドメニコは多くのカップルと丁重な挨拶を交わしたあと、バーのスタンドに座り、飲み物を受け取った。社交界の人気者として名高いルイーザ・ドゥマトがやってくるまでの数秒間、レイは息を凝らした。笑顔の裏で歯を食いしばり、身を硬くする。ルイーザはレイが最も関わりたくない人物だった。ルイーザとの交流はいつも不愉快で、彼女の発言はすべて、レイに自分が取るに足りない無能な女であるかのように感じさせた。気にしないよう努めても、なぜかいつもそのいやな気持ちがしばらく居座り、ドメニコの妻としての自信と安心感がそがれていった。もちろん、彼はそのことに気づいていなかったし、レイも彼に話したことはなかった。些細《ささい》なことで大騒ぎしているように思われたくなかったからだ。けれど、ルイーザとのもやもやが二人の間にある高い壁をさらに高くしたのは間違いなかった。

「レイ、あなたが帰ってきてくれて、とてもうれしいわ」ルイーザは二人のところまでやってくると、レイの頬にキスをした。

「ありがとう」レイは笑顔で応えた。

　ルイーザは化粧の濃い目でレイを見た。「正直言って、もう会えないんじゃないかと思い始めていたところよ。巷《ちまた》の噂《うわさ》を耳にしていたから」はかりごとでも巡らすように身を乗り出す。「もしかしたらあなたたちの結婚は終わったのかもしれないって言う人たちには、そんなことあるわけないって反論しておいたけれど。だから、夫を長い間放っておくのは危険なのよ。おわかりだと思うけれど、女性たちの間ではかなり期待が高まっていたのよ。でも、レイ、安心して。私は貪欲な彼女たちを遠ざけるためにベストを尽くしたから。私が誰のことを話しているか想像がつくでしょう?」

通りすがりの女性をさりげなく目で示しながら、ルイーザはレイからドメニコに視線を移し、ほほ笑みを浮かべた。

「でも、自分に選択肢があると知るのはいいことだと思うわ。もしあなたがそれを望んでいるなら」

レイは手にしているシャンパンの入ったクリスタル・フルートをぎゅっと握りしめた。ルイーザの言うことは信じられないが、少しも驚きはしなかった。とはいえ、これまでルイーザから受けてきた不愉快な仕打ちや侮辱の数々を思えば、あまりにも無礼で一線を越えていた。

レイは肩をすくめ、ルイーザの視線を真っ向から受け止めた。「助けてくれて本当にありがとう、ルイーザ。ここにいる誰もがドメニコの好みのタイプというわけではないから、心配は無用よ」彼女はそう言って、ドメニコの腕をなぞった。「でも、夫への気遣いや配慮には感謝するわ。その時間を三番目の夫を探す時間に使えたかもしれないのに。あら、ごめんなさい、四番目だったかしら?」

レイは目の端でドメニコが驚きの表情を浮かべたのをとらえたが、それよりもルイーザの度肝を抜かれたような表情に興味を抱いた。

「アントニアと話がしたいから、失礼するわ。でも、レイ、あなたに会えてよかった」

「こちらこそ」

ルイーザが立ち去ると、レイはほほ笑んだ。ささやかな満足感が胸に広がったが、自分がルイーザと同類の人間に成り下がったようで、心は晴れなかった。

「大丈夫か?」ドメニコが彼女の耳元でささやいた。

「ええ、もちろん」レイは請け合い、血管を巡るいやな感覚を消そうとシャンパンを一口飲んだ。

「手が震えているよ、レイ」

彼女は思わず自分の手を見た。ドメニコの言うとおりであることを確かめたあと、ささやいた。「ルイーザがあんなに扱いやすい人だとは思っていなかったわ」

ドメニコは何も言わなかったが、彼女の背中に温かな手を添え、背骨を上下にこすった。それだけでレイは緊張が緩み、体からよけいな力が抜けていくのを感じた。ドメニコが慰めを与えるつもりだったのか、それとも愛情表現の演出だったのか、レイにはよくわからなかった。敏感な肌を手のひらでこする魅惑的な動きに意識が集中し、まともに頭が働かなくなったからだ。

その絶妙な感触を、レイの体のほかの部分も求めていたた。彼の指が背骨の上を滑って脇腹へと進むのを、レイは願った。さらにシルクの下をすり抜けて胸のふくらみを包むのを。かつて互いの体を貪り合ったように。唇と舌で胸を愛撫《あいぶ》されるだけで、何度クライマックスを迎えたことか。

そのとき、肌を焦がす視線を感じ、レイの官能的な追憶は断ち切られた。舞踏会場の向こうで、ルイーザとその友人たちが彼らのほうをじっと見つめ、熱心におしゃべりに興じていた。

「気にするな」ドメニコの唇が再びレイの耳たぶをかすめた。手は彼女の背中を撫で続けている。

「彼女はひどすぎる。私に面と向かってあんなことを言うなんて」レイはドメニコを見上げた。彼は平然としていて、それがさらに彼女を動揺させた。唇の間からもれる息が荒くなる。「あなたが気にするとは思っていない。選択肢がたくさんあるとわかって、よかったわね」

ドメニコの目が、暗く、豊かで、破壊的な輝きを放った。「独占欲を抱くのは少しばかり遅いんじゃないか？」彼はほほ笑みながらそう言って、彼女の腰に手を滑らせ、筋肉質の体に強く引きつけた。

彼に触れられるたびに気分が少しずつ和らいでいくのが、レイはいやでたまらなかった。彼の体に近づけば近づくほど、周囲の光景が視界から消えていくようだ。

「きみはこれまで、ほかの女性のことや、彼女たちのコメントを気にかけたことなどなかったのに」

私の夫はそこまで鈍感だったの？　レイは顔をしかめて彼を見上げた。それとも、私にとって未経験の上流社会の社交がいかに難しいかなど考える気も起こらないほど、彼にとって私の気持ちはどうでもよかったのだろうか。けっして目新しい疑問ではなかったが、それでも彼女は衝撃を受けた。

「もちろん、気にしていたわ」そう言ってレイはいらだたしげにため息をついた。

ドメニコの顔に見覚えのある表情が浮かんだ。彼はレイの言ったことを咀嚼《そしゃく》し、すでに知っていることとすり合わせようとしているのだ。「きみは何も言わなかった」

その言葉には軽い非難が含まれていて、レイはわずかに肩をいからせた。言わなかったのは、彼に有能で完璧な妻だと思われたかったからだが、今になってそのことを口にして愚かな女心を露呈してしまったことを悔やんだ。重苦しい空気を和らげ、自分の告白を軽くするために、何か言わなければならなかった。

「たいていの場合、そのことで不平を口にしてもあまり意味がないように思えたからよ」レイはしぶしぶ説明した。「あなたがコントロールできることでもないし。ドメニコ、あなたと一緒にいる以上、私はあれこれ言われるのはしかたがないと諦めていたの。もちろん、女性たちは私に嫉妬したり、意地悪をしたりするでしょう。あなたはハンサムなうえに、裕福で、さまざまな面で力を持っている。その三つがそろえば、無敵と言っていい。あなたを見た女性は誰でも、あなたのとりこになる」

いつの間にかドメニコの手は止まっていた。レイをじっと見つめる彼の力強い目に新たな光が宿った。腹立たしいことに、その光を無視するどころか、自分に対する彼の気持ちを深く掘り下げたくなった。

「そうなのか？」ドメニコは満更でもなさそうに尋ねた。

その口ぶりにレイは慣れ親しんだ彼を見て取った。彼女が一目惚《ひとめぼ》れした頃の彼を。当時からドメニコはカリスマ性があり、頭の回転が速く、破壊的な威力のある笑みの持ち主だった。けれど、ヴェネチアに戻ってきてからの彼には、適切な距離感も礼儀正しさもまったく見られなかった。

「ええ、紛れもない事実よ」レイは頬が熱くなるのを感じながら率直に答えた。拒絶と憧れを交互に繰り返している生々しい自分を彼に見せてしまったことに動揺していた。

ドメニコは何か別のことを言おうとしていたようで、目が陰りを帯びたが、急に気が変わったのか、思いがけないことを口にした。「踊ろう」

彼はレイの手からフルートグラスを取り上げると、部屋の中央へと彼女をいざない、胸に引き寄せた。ドメニコの顎がレイの頬をかすめる。そのとたん感電したかのように彼女は身を震わせた。彼の匂いを嗅ぎ、頭の中に霧が立ちこめる。レイは押し寄せる欲求と懸命に闘わなければならなかった。彼のなめらかで甘い香りのする肌に唇を押しつけたい、舌先で彼の体を味わいたい……。

しっかりしなさい、レイ。自らを叱咤《しった》する。

これは、公の場で二人の親密さを要求される最初のケースにすぎない。同じようなことはこれから無数にあるだろう。そのたびに歓迎すべからざる欲望にあたふたするようでは、半年ももたないかもしれない。なんとか自分をコントロールする方法を見つけなければ。そのためには、ドメニコにとって正しかったことはすべて、私にとっては大いなる間違いだったことを肝に銘じておく必要がある。

二人はそれぞれ違う未来を想像していた。ドメニコは永久に自分のそばにいる妻を、レイは自分自身の人生を望んでいた。

たとえ彼に触れられたり愛撫されたりする場面を空想するのが楽しくても、実際にそうなったら、二人の関係はますます泥沼化するだけだ。

しかし、ドメニコのリードでダンスに興じている間、密着した力強い体のぬくもりと彼の手の絶妙な動きに、レイは内心でうめき続けた。かつて彼の指使いは常に彼女をめくるめく世界へと導いたが、レイは今まさに、それが再び起こり始めているのを感じていた。彼の体の熱に、全身がとろけていく。

ルイーザとその友人たちの視線がなければ、レイは完全に我を忘れていただろう。けれど、彼女たちの捕食者のようなまなざしがレイの意識を現実の世界につなぎ止め、彼女たちの飢えた視線に胃のあたりがざわつき始めた。

なぜなら、ルイーザの言うとおりだったからだ。ドメニコには確かにたくさんの選択肢があった。彼と一緒になるチャンスを待っている女性たちが列をなし、隙あらばレイの後釜に座るのを狙っているのだ。実際、見せかけの結婚生活が終わり、破局が公になれば、何人かはそのチャンスを得るに違いない。

その突然の気づきに、レイの目の奥を涙が突き刺し、言いようのない感情が胸を引き裂いた。しかしそれこそが、彼女たちの狙いなのだとわかっていた。レイの気持ちを揺さぶり、不安と猜疑心《さいぎしん》をあおっているのだ。しかし、彼女たちのそんな振る舞いは、ドメニコがまだレイのものであることのあかしなのだ。

そして、今夜のレイの唯一の仕事は、ドメニコが間違いなく彼女のものであること、彼の心臓は彼女のために鼓動していること、彼が妻を渇望していることを、周囲に見せつけることだった。

レイは顔を内側にひねって鼻先を彼の日焼けした顎に沿わせ、彼の香りを吸いこんだ。するとドメニコは、先だってのあの夜と同じように、頭を下げて唇を寄せ始めた。けれど、あの夜とは違って、レイはためらうことなく首を伸ばして彼の唇を迎えに行った。

そして、二人の唇が羽のように軽く触れ合った瞬間、レイは身を震わせた。彼の味は衝撃的で、記憶にある以上に美味だった。欲望と希望と情熱がまざり合ったような。彼女の手がドメニコの筋肉質の胸を這《は》い上《あ》がって力強い首に巻きつくと、二人のキスは劇的に変わった。彼の口の動きがレイの情熱を求めてより獰猛《どうもう》になったのだ。

ドメニコは彼女をさらに強く抱きしめ、背中にまわした腕で胸のふくらみを自分の胸に押しつけた。レイの頭は真っ白になり、体は内側からとろけ始めた。ああ、このたとえようのないすばらしい感覚を忘れていたなんて信じられない。もう二度と傷つけられることはないと約束されたかのような感覚、まるで世界中どこを探しても、これ以上安全な場所はないと思える感覚を。

二人を包む熱でドレスが焼け落ちてしまいそうな気がして、鼓動が耳をつんざかんばかりに大きくなる。その音をたてているのが自分の心臓なのか、彼の心臓なのか、自分でもわからなかった。ひたすらレイはキスを望んでいた。息が上がるたび、脈が打つたびに、それを熱望した。二人の仲を見せつけるためではなく、自分自身のために。

先に身を引いたのはドメニコで、強く抱きしめたまま、目を輝かせてレイを見つめた。「基本ルールはどうなったんだ？」彼はかすれた声で尋ねた。

いい質問だわ。レイはぼんやりと思った。「必要なことだったのよ」彼女は嘘《うそ》をついた。「私たちはルイーザたちに監視されていた。それに、私たちの関係に説得力を持たせるよう、あなたから命令されてもいた。そうでしょう？」

ドメニコの目がきらめいた。レイの答えが挑発的であることに気づいたかのように。そして、彼女をダンスフロアの外へと連れ出した。

「今夜はこれで充分だ。もう帰ろう」

レイは目をしばたたいた。「でも、私たちがここに来てからまだたいして時間がたっていないわ」

「いや、充分に長い時間、僕たちはここにいた」ドメニコは反論した。「それに、さっきのキスのあとなら、僕たちが早めに帰るのを怪しむ人はいないだろう」

レイの頬がほてった。しかし、彼の言うことにも一理ある。確かに、あのキスはまさにその延長にあるものを感じさせた。レイは悔しさを噛《か》みしめながら、ドメニコに手を取られて舞踏会場を出た。

パラッツォ・リッチに戻る車中、レイは何も言わなかった。そして、到着するなり階段を駆け上がった。肩越しに〝おやすみなさい〟と告げて。

ドメニコはレイが階段を駆け上がっていくのを見送った。だが、彼の唇には妻の味が残り、まだひりひりとうずいていた。彼女の奔放な渇望はドメニコの血をたぎらせ、血管を焦がし続けた。

エレナの葬儀の夜に起こったような過ちが繰り返されないよう、ドメニコは興奮を閂《かんぬき》のかかった扉の向こうに封じこめようと全力を尽くしていた。にもかかわらず、あの不意のキスでその扉は大きく開け放たれ、焼けつくような欲望が彼の中にどっと流れこんだ。

舌と歯でレイの唇をなぶりたかった。その悩ましい体から黒いドレスを引き剥がし、その下に何を着ているのか自分の目で確かめたかった。そして、レイを忘我の彼方《かなた》へと追いやり、あえぎ声を、懇願を、絶頂の叫びを聞きたかった。

ドメニコはあのキスで味わったすべてを求めていた。そして、自分が何をしようとしているのか気づくより早く、ドメニコは彼女のあとを追って階段を二段飛ばしで上がっていった。

彼女のスイートルームにたどり着き、ドアノブに指をかけたところで、ドメニコは突然、その動きを止めた。

というのも、彼の目の前でドアが開けられたからだ。レイはそこにいるのがドメニコだと認めるなり、冷ややかな視線を彼に注いだ。それから何も言わずに彼の鼻先でドアをぴしゃりと閉じた。

冷や汗が首の後ろを伝い落ち、ドメニコはドアから離れた。

レイは彼を制することも、あのキスの原動力となった情熱を否定することもできた。彼を拒絶することも。だが、ドメニコはそれに耐えられなかった。

だから、彼はその痛みを無視した。感情の最後の一滴まで自分の制御下に引きずりこみ、心の扉を閉めて、ボルトを前より増やして完全に封印する。さらに、レイに対する欲望の炎を現実主義の下に葬り、その炎を彼女の裏切りの記憶で揉《も》み消《け》して、胸を引き裂かれるような拒絶から身を守るのだ。

6

また別の夜、また別の演技。

二人は大運河を見下ろす新しいレストランのオープニング・パーティに出席していた。レイが隣に座っているせいで、ドメニコは自分をコントロールするのに苦労していた。

体をぴったりと包むブルーのドレスに爪先の開いたピンヒール。夕方の外気は冷たく、肩には黒のレザージャケットを羽織っている。出かける前にパラッツォで彼女と目が合った瞬間、彼の心臓は大きく跳ね、熱と欲望が全身を駆け巡った。以来、それがおさまる兆しはなかった。

屋外に置かれたテーブルの中央に低いランプが真珠色の輝きを放つ中、レイの鮮やかな青い瞳の魅惑から逃れるのは不可能で、体内に渦巻く欲望は募るばかりだった。彼女と過ごした熱い夜の思い出が次から次へと脳裏をよぎり、そのたびに生じる興奮は抑えようがなかった。

最後に公の場に二人で出てから数日間、ドメニコはほとんど彼女と会っていなかった。意図的に避けていたわけではなく、ひとえに彼の忙しさゆえだった。彼は早朝にトレーニングをしてからオフィスに向かい、そこで十二時間過ごすのが通例だが、重要な契約が最終段階に入っていたため、このところ退勤が真夜中近くという日が続き、彼がパラッツォに戻る頃には、たいていレイはすでに自室にこもっていた。

そのことにドメニコは安堵《あんど》していた。彼女の匂いを嗅ぐだけで、欲望が激流となって押し寄せ、分別をかなぐり捨てて彼女に襲いかかりたくなる。そんな自分がいやでたまらなかった。

ドメニコに必要なのは、向こう半年間、レイが彼に協力してパラッツォ・リッチに居続けることだけだった。それ以外には何も求めていない。

彼女がヴェネチアに戻ってから毎日、ドメニコは自分にそう言い聞かせているにもかかわらず、レイに目を奪われた。そして、彼女が結婚した当初とはまったくの別人になってしまったことに興味をそそられ、そのことばかり考えていた。

今の彼女には、以前にはなかった自己主張のオーラがあった。胸を張って頭を高く掲げて歩くその姿からも、それは明らかだった。数日前の舞踏会では、ルイーザの暴言に対して、見事に切り返した。ルイーザがやりこめられるのを見るのは痛快だったが、レイの闘争心に、ドメニコはひどく驚いた。だが、それ以上に驚いたのは、彼女がそういう対応をとらなければならないと感じていたことだった。なぜなら、レイの反応から、彼女が過去にルイーザから不愉快な仕打ちを受け、傷ついていたことが明らかになったからだ。ドメニコはまったく知らなかった。

そのことを察知し、レイを守るために行動を起こすべきだった。ドメニコは心から悔やんだ。

レイは僕の妻だ。僕の人生と世界に連れてきた以上、彼女の面倒を見、彼女を守る義務がある。なのに、僕はそれに失敗し、レイに常軌を逸した行動をとらせてしまったのだ。

レイが新たに見いだした強さと自信を評価していなかったわけではない。彼に敢然と挑んでくるときの彼女の目の輝きや、彼に逆らってでも自分の道を切り開こうとする毅然《きぜん》とした態度には、称賛を禁じえなかった。しかし、その変化がどこから生まれたのか、なぜ彼女は変わる必要を感じたのかという疑念が、ドメニコを悩ませた。

僕はレイに充分な注意を払っていなかったのだろ

うか。彼女が見せていた穏やかな表情の下に渦巻いていたものを発見するのに、僕は充分な努力をしたのだろうか。結局のところ、ルイーザや社交界のゴシップに彼女が苛《さいな》まれていたことに、僕は気づけなかったのだ。ほかにも僕の知らないことが、見落としていたことがあるかもしれない……。

「食べないの？」

レイの問いかけに、ドメニコは初めて料理に手をつけていないことに気づき、ワイングラスに手を伸ばした。濃厚なメルローを一口飲んで、乾ききった喉を潤し、疲れた頭を休めさせる。「おいしいよ。きみも気に入ると思う。少し試してごらん。いや、その前に料理かな？」

ドメニコは肉料理を突き刺したフォークを彼女に差し出した。それが献身的な夫の姿だと自覚しながら。しかし、フォークがレイの口の中に吸いこまれたとき、彼は自分の間違いに気づいた。体中を駆け巡る血がますますたぎるのを感じたからだ。その完璧に熟した唇の中に自分の欲望のあかしを突き立てる光景が脳裏をよぎり、耐えがたいほどに下腹部が硬く張りつめた。

その淫らなイメージは遮断しようにも、あまりに鮮明で、あまりに強烈だった。どうしてもそのイメージをかき消すことができず、ドメニコはレイの手を取り、テーブルの下で自分の下腹部に引き寄せたいという衝動に駆られた。

あとでひどく悔やむようなまねをする前に、早急に頭を切り替える必要に迫られ、ドメニコは安全な話題を必死に探した。

「さっき、イモージェンと話していたね？」帰宅したときのことを思い出しながらレイに尋ねる。「彼女はどうしているんだ？」

レイは細い眉を額の半分まで上げて、彼をじっと見た。

「どうしてそんなふうに僕を見るんだ？」

「だって、あなたが私の妹のことを尋ねるなんて、めったにないもの」レイは新しく身につけた素っ気なさで答えた。

「そんなことはない。きみの妹さんたちのことなら、何度も尋ねたことがある」彼は反論した。もちろん尋ねたことはあったはずだが、妻の告発に身構えずにはいられなかった。もしかして、本当にめったに尋ねなかったのか？「そうだろう？　たとえそうじゃなかったとしても、今、こうしてきいている」

レイは視線を和らげ、口にしていた食べ物をおいしそうにのみこんだ。「イモージェンは図書館で一日中勉強していたみたい」

「彼女は勉強を楽しんでいるのか？」

「ええ、とても熱心に取り組んでいるわ」レイの口元がほころんだ。「授業は今月末で終わるの。そのあといくつかの最終課題を片づけ、学位論文に集中するみたい。数週間こっちで過ごすよう、イモージェンを説得するつもりよ。さもないと、息を抜く暇がないから」

ドメニコは、唇の引きつり具合や、美しい瞳を一瞬曇らせた様子から、レイが妹のことを心から案じていることを察した。「イモージェンのことが心配なのか？」実際、レイはいつもイモージェンとマギーのことを心配している。「勉強で根を詰めすぎるのを？」

それには何も答えず、レイは視線を落とし、フォークを皿に戻した。

「ただ黙って座っているわけにはいかないよ、レイ。僕たちは話し続ける必要がある。イモージェンのことは少なくとも中立的な話題だ」ドメニコは冷静に指摘した。

彼の言うことも一理あると認めたらしく、レイは再び口を開いた。「イモージェンは去年の夏、ある人とつき合ったの。私もマギーも相手の男性に会ったことはないけれど、イモージェンはあっという間に彼と深い仲になってしまった。なのに、彼は短い別れの言葉を残しただけで立ち去った。マギーも私も、イモージェンの変化に気づくまで何も知らなかった。彼女は無口になり、引っこみ思案になった。もし授業がなかったら、ベッドから起き上がれなかったかもしれない」レイはいかにも心配そうに眉根を寄せた。「今はだいぶましになったけれど、完全に回復したとは言いがたいの」

「信頼できると思っていた人、愛していると思っていた人から拒絶された傷はなかなか癒えないから、イモージェンが完全に乗り越えるには時間がかかるかもしれない。そういう傷は二十年後でさえ、ときおり当時と同じ痛みを伴ってよみがえり、なかなか忘れることができない」ドメニコは身をもってその痛みを知っているかのように言った。

レイが気遣わしげに彼を見ているのに気づき、ドメニコはうっかりよけいなことをもらした自分を呪った。

「だが、イモージェンはきっと先に進むだろう。彼女には立ち直る時間を与えるだけで充分じゃないかな。一夜にして完全に回復するなどありえない」

レイはまだ彼を見つめている。その目には好奇心が浮かんでいた。

「ドメニコ、何があなたをそんなにひどく傷つけたの？　過去に何があったの？」レイは彼に身を寄せ、その目をまっすぐにとらえた。「教えて」

「僕たちはイモージェンのことを話している」ドメニコはレイに思い出させようとしたが、彼女の強いまなざしが揺らぐことはなかった。

レイはかぶりを振った。「今はあなとのことをきいているの。何があったの？　誰があなたを拒絶したの？」

ドメニコは横を向いて彼女の視線から逃れた。自分の過去について沈黙を破るつもりはなかった。なのに、レイと話すうちに、過去の不快な記憶が解き放たれてしまい、いつもと違ってそれを脇へと押しやることが難しくなった。そして、気づいたときには勝手に口が動いていた。

「僕を拒絶したのは……母だ。かつて母はここヴェネチアに住んでいた時期があった。その頃には彼女が誰なのか知っていたし、この街に引っ越してくると知ったときは興奮した。きっと僕のために来てくれたのだと思った。僕のために。僕に会うために、もしかしたら一緒に住むために。僕はエレナを愛していたし、離れたくなかったけれど、母に会う日が来るのをずっと夢見ていた」

彼は少し間をおいてから続けた。

「何日も何週間も、玄関の呼び鈴が鳴るたびに、僕は胸を高鳴らせた。だが、母が訪ねてくることはなかった。ある日、エレナは僕をランチに連れ出した。そのレストランに母もいた。彼女は僕たちの前を通り過ぎ、ちらりと僕を見た。だが、母はほほ笑んだり立ち止まったりするどころか、冷たく憎悪に満ちた目で僕をにらんだ。その瞬間、僕は火傷《やけど》を負ったかのような激しい痛みを覚えた。泣きたかったけれど、エレナを失望させたくなかったから、必死に我慢した」

胸を刺すような記憶に感情が噴き出すのを感じ、ドメニコは頭を左右に振って痛ましい記憶を振り払おうとした。しかし、レイから目をそらしてもなんの役にも立たなかった。彼女はドメニコがもたらした新しい情報を懸命に咀嚼《そしゃく》しようとしていた。レイが彼の子供時代について知っているのは、実の母親がドメニコの面倒を見られなくなったとき、エレナが彼を引き取ったということだけだった。なぜなら、自分がいかに必要とされていない子供だったかという醜い真実をレイに知られたくなくて、詳しいことは話さなかったからだ。自分に何が欠けているか、レイに気づかれてしまうのを恐れて。

「だが、イモージェンなら、きっと前に進む方法を見つけるよ。彼女は強い。彼女は大丈夫だ」

レイの視線は彼に釘《くぎ》づけだった。ドメニコが話を妹のことに戻そうとしているにもかかわらず、レイが彼のことだけを考えているのは明らかだ。

「あなたはそこからどうやって立ち直ったの？」

ドメニコはしばし無言だった。感情がウィルスのように全身に広がり、自分が当時、その苦悩とどれほど必死に闘っていたかを思い出していた。

「僕は母に拒絶された記憶とそのショックをできる限り小さくして、これ以上、僕の精神が毒されないように心の奥の小さな箱に閉じこめた」しばらくしてドメニコは努めて冷静に答えた。

レイの手が伸びてきて、彼の拳を包んだ。ドメニコは温かくて柔らかな彼女の指に自分の指を絡ませ、その心地よさに溺れたくてたまらなかった。

「その後、彼女に――お母さんに会ったことは？」

ドメニコは大きな塊に喉をふさがれ、答えるのに数秒かかった。「一度、遠くから見かけただけだ」

とはいえ、その光景は脳裏に深く刻みこまれていた。彼女は子供たちを伴っていた。心から慈しんでいるように見える子供たちを。レイが何か言おうとするのを見て、急いで言葉を継ぐ。「母はもうここに住んでいないから、久しく彼女の姿を見ていない」

「ごめんなさい、ドメニコ。本当にごめんなさい。それ以外に何を言えばいいのかわからない」

「何も言わなくていい」

慰めも励ましも、ドメニコには必要なかった。母とのことは何年も背負ってきた現実にすぎず、人に打ち明けたところで何も変わらないと思ってきた。なのに、彼は今、なぜかその重荷が急に軽くなったような、痛みが少し和らいだような気がした。

そのとき、携帯電話が鳴ったが、彼は画面をスワイプして応答を拒否した。「デザートは？　きみの好きなティラミスがメニューにあるはずだ」

ドメニコがメニューに手を伸ばしたとき、再び携帯電話が鳴った。

「すまない《ミ・スクージ》」彼はうなり声を発して電話を取り上げた。そして、応答しながらため息をつき、すぐにオフィスに行くと請け合ってから電話を切った。「ごめんよ、レイ。進行中の新たな取り引きに問題が生じたようだ。行かなくてはならない」

ドメニコは憤慨していた。それは、ただ単に取り引きが暗礁に乗り上げたからではなく、レイと過ごす夜が短くなることを意味したからだ。

「大丈夫よ」レイは彼にほほ笑みかけた。「心配しないで。どうせもう一口も食べられないんだから」

その言葉は、彼女と一緒にいたいという気持ちを払拭するものではなかった。それにしても、なぜ急に彼女との時間を大切にしたいと思うようになったのか、ドメニコは自分でもわからなかった。

「パラッツォまで送るよ」

「その必要はないわ。急ぐんでしょう？　私なら大丈夫、一人で帰れるから。そんなに遠くないもの」

「いや、だめだ」レイが一人で夜道を歩いているところを想像するだけで、背筋を恐怖が走り抜けた。

ドメニコは彼女の手を取ってレストランの外に連れ出すと、数人のパパラッチが熱心に二人の姿を撮り続けた。

水の都の夜は、暗く静かだった。街路にも橋にも運河にも、人影はほとんどなかった。暗い水面は静まり返り、周囲の建物の明かりを反射してきらきら光っている。ドメニコはレイの手を握り、黙々と歩き続けた。華奢《きやしや》な親指を優しくこすると、脈が尋常でない速さで打っているのがわかった。レイもまた二人の間に生まれた新たな親密さを感じているのだろうか? 僕が彼女を意識しているのと同じように、彼女もまた僕を意識しているのだろうか?

数分の沈黙のあとでレイが尋ねた。「取り引きにどんな問題が生じたのか、きいてもいい? それとも極秘事項?」

彼女のからかいをドメニコは歓迎した。というのも、それが彼女も新たな親密さを感じているあかしに思えたからだ。

「そのとおり。極秘事項さ」二人の間に芽生えた絆《きずな》を壊したくなかったので、ドメニコはほほ笑みながら答えた。この瞬間、彼は久しぶりに人との距離が縮まった気がした。これまで彼にとってそんなことはどうでもよかったが、このときはとても重要に思えた。「だが、きみは例外だ。リッチ・グループは目下、海運分野に進出するべく、クルージング会社と大がかりな交渉を進めているんだ」

レイは目を輝かせた。「それって、ラファエロがいつも望んでいたことでしょう?」

彼女が覚えていたことにドメニコは驚き、そして喜びが湧いた。「そうだ」

「ドメニコ、すごいわ。おめでとう」

レイの満面の笑みに、ドメニコの胸はときめいた。そして、これまで以上に美しく見えたことで、彼女がいなくなってからの数カ月間が思い起こされ、胸が苦しくなった。その間、数えきれないほどの女性と出会い、いずれも目を見はるほど美しかったが、胸がときめいたことは一度もなかった。

「ありがとう。交渉に至るまでが大変だった。僕たちが提携したいと思っている会社のCEOは、ガードが固いことで有名だったんだ。だが、このところかなりの進展があり、今ここで頓挫するのはなんとしても避けたい」

「エレナはそのことを知っていたの?」

「ああ」ドメニコは暗い顔でうなずいた。「彼女が亡くなる数週間前に話した。エレナがラファエロの跡を継いでCEOになったとき、彼女は何度かその夢を実現しようとしたが、うまくいかなかった」

「彼女が私に言ったことを覚えているわ。失敗に終わったのが残念でならないって。だから、あなたからその話を聞いて、エレナは感動したはずよ」

「まさに彼女は感動してくれた」当時の記憶がよみがえり、ドメニコの胸に痛みが走った。

そのことについてはあまり考えないようにしていた。それが苦境や困難に対するドメニコのいつもの対処法だった。言葉では言い表せないほど、エレナが恋しかった。寂しくてたまらない。ときどきその寂しさや喪失感は薄れるものの、必ずまたぶり返した。彼女が導いてくれなければ、今の自分はなかったと思うと、恐ろしくもあった。

もしエレナが赤ん坊の彼を引き取ってくれていなかったら、僕の人生はどうなっていたか……。その赤ん坊を引き取って育てたのは正しかったと、ドメニコはエレナに示さなければならなかった。自分の価値を証明したかった。

「あなたは大変な苦労をしたのでしょうね」彼の表情からすべてを読み取ったらしく、レイが言った。

その言葉で、ドメニコは突然、自分が無防備になり、傷つきやすさを露呈したように感じた。レイに自分の過去について多くのことを話してしまったからだ。

「エレナが亡くなってから、まだ日は浅い。もし彼女のことを話したくなったら、私のところに来て。私はここにいるから」レイは申し出た。

彼女の青い瞳に見つめられ、ドメニコの中に、自分のすべてをレイに受け入れてもらいたい、二人を結びつける魔法めいたかりそめの絆を深めたいという切望が生まれた。手を伸ばし、彼女が与えてくれる安らぎとぬくもりをつかみ、自分は何かとつながっていると感じたい。自分にも家と呼べる場所があり、家族と呼べる人がいると感じたい。

しかし、それは焼きつくすべき危険な切望だった。そのようなものを追い求めても、心が痛むだけだから。それはすでに経験済みの過ちであり、彼は再び同じことをするほど愚かではなかった。

「いや、それには及ばない。僕は大丈夫だ」ドメニコは素っ気なく言い、歩調を速めた。繰り返しそう言っていれば、いつかはそれが真実だと思えるようになる。そうだろう？

彼の無愛想な態度にレイは少し浮かない顔をした。見間違いだろうか？　いずれにせよ、なぜ僕はそんなことが気になったのだろう？

パラッツォに着くと、いくつかの窓には明かりがともっている。レイはドアに目をやってから、彼に面と向かい、口元に小さな笑みを浮かべた。

「わざわざ送ってくれてありがとう。取り引きの問題がなんであれ、あなたが解決できるよう願っているわ。おやすみなさい、ドメニコ」

「まだ眠る時間じゃないよ」彼はくるりと背を向けたレイの手をつかみ、一歩進み出た。「恋する男は、キスなしにおやすみの挨拶をすることはない」

レイは息をのみ、そわそわと彼のほうを振り返った。「誰も見ていないわよ、ドメニコ」

彼女の言うとおりだが、誰かが見ていようがいまいが、ドメニコはどうでもよかった。「僕はチャンスを逃すつもりはない」そう言って彼は頭を下げていった。万が一潜んでいるかもしれないカメラマンや盗撮者に二人が情熱で結ばれていることを見せつけるために。ところが、花びらのように柔らかな唇に触れ、彼女がうめき声をあげたとたん、五感に火がつき、キスはまったくの別物と化した。

ドメニコは情熱の炎をしずめる術《すべ》を失うまでレイ

を燃え上がらせ、彼女の、ひいては自分自身の欲望をあおった。

今や欲望は彼にとって完全に理にかなっていた。ついさっきまでの感情的な憧れよりもずっと。キスの情熱が高まるにつれて、ドメニコは心の中の混乱がおさまっていくのを感じた。レイに求めていたのはこれだけだ。彼女の思いやりでも、慰めでも、理解でもない。彼はただレイの口の味が欲しかった。彼の手の下で体を弓なりに反らしてあえぐ彼女の姿が見たかった。それらは彼が渇望しても許される最大限のものだった。

そして、レイは充分に提供してくれていた。彼女も渇望感に駆られ、その口を彼自身と同じくらい奔放に、そして熱心に動かし、その胸をドメニコの胸に貪欲に押しつけた。もはやレイは欲望を隠そうともしなかった。彼女の欲望の炎と彼の欲望の炎がぶつかるなり、さらに明るく、熱く、危険な炎が二人を包みこんだ。

ドメニコは彼女をパラッツォの壁に押しつけながら、キスをゆっくりと深めた。同時に、明確な目的に沿ってレイの腰を、ヒップを、そして脚の付け根を探っていく。その感触はキスと同じくらい刺激的で、彼を興奮させた。

ドメニコはあまりにも長い間、この感触を無視し、避けてきた。レイの体との甘美なつながりへの渇望が満たされず、悶々《もんもん》として眠れぬ夜が続いた。おそらく、そのことが僕の心を混乱させ、いっそうレイを求めさせたに違いない。

「約束の条件を見直す必要があるかもしれないな、大切な人《テゾーロ》」ドメニコはキスを中断し、彼女の唇に向かってつぶやいた。

レイは頬を紅潮させ、目をしばたたいた。「どういう意味？」

「これだよ、レイ。僕たちはまだお互いを求めている。この半年間を有効に活用して楽しむのもいいかもしれない」

「いいえ」すぐさま彼女は首を横に振った。「ドメニコ、あなたは間違っている。私は――」

「嘘《うそ》はつかないでくれ。きみも感じているはずだ、レイ」ドメニコはかすれた声で遮った。「僕はきみの体を、きみのキスを知っている」この瞬間でさえ、彼はレイの興奮ぶりを全身でとらえ、彼女の血のうなりを感じていた。「僕がきみを求めているように、きみも今なお僕を求めていることは知っている」

レイはパニックの表情を浮かべ、二人の熱くなった体の間にできるだけ空間をつくろうとした。「私たちはこんな会話をするべきじゃない。私たちにはルールが存在し、あなたの提案はそのルールから逸脱している。もうオフィスに行って。あなたが問題を解決してくれるのを待っている人がいるんでしょう？」語気を強めて彼に思い出させる。

ドメニコはぐうの音も出なかった。間違いなくリッチ・グループの危機は刻一刻と迫っていた。とはいえ、もし会社に行かなくてもいいのなら……。

彼は指でレイの顎を挟み、その興奮して赤らんでいる顔を自分の顔に近づけた。「きみは今は逃げられるかもしれないが、いずれこの話は蒸し返されるだろう」指に彼女の震えが伝わってくるのを意識しながら続ける。「僕たちが持っている情熱は、無駄にするにはあまりにも特別なものだ。だから、レイ、僕がきみを満足させられる方法をすべて考えてみてくれ。そうすれば、僕がきみの期待に充分に応えられるとわかるはずだ」

7

この四十分間、スケッチに集中していたレイは、しばしの休憩に入った。冷たい水を一口飲み、中庭のお気に入りのコーナーに置かれた椅子に背をあずけ、太陽に顔を向ける。目を閉じるやいなや、ドメニコの姿がまぶたに浮かび、目を開けざるをえなかった。前の晩から同様のことが何度も繰り返されていた。

昨夜の展開は予想外だった。ガラでのキスの一件以来、レイは彼に近づくたびに緊張し、昨夜もそうなるだろうと覚悟していた。ドメニコが寡黙でよそよそしい態度をとっていたときは、まさにそうなった。ところが、食事中にドメニコがイモージェンのことを尋ねて彼女を驚かせてから様相が一変し、二人の間で内容の濃い会話が交わされた。確かに、ドメニコは自分の母親に関しては途中で話題を変えてはぐらかしたが、幼い頃に経験した悲惨な出来事については率直に話し、レイに衝撃を与えた。

彼の過去について、どんなことでもいいから知りたいと願ってきたレイにとって、根掘り葉掘りきかないよう自制するのは難しかった。しかし、彼が自分の過去について話すのがいかに苦痛かはわかっていた。だからこそ、無理強いせず、彼が話題を変えることを許したのだ。

レイにドメニコがこれほど心を開いてくれたのは初めてだった。パラッツォ・リッチに向かう道すがら、リッチ・グループの取り引きについて話してくれたこともうれしかったが、何より心に残ったのは、彼が自分のこと、そして彼のトラウマになっていた過去を打ち明けてくれたことだった。

彼の母親がヴェネチアに住んでいたことを知り、レイは驚いた。そして息子のことを完全に無視していたと聞いて、言葉を失い、心を痛めた。同時に彼の母親に憤慨した。彼女がヴェネチアから出ていったのはいいことだ。なぜなら、ドメニコの過去のつらい経験を知ってしまった今、彼の母親と親交を結ぶのは不可能だし、口をきくのも無理だと確信していたからだ。もちろん、レイが知らない事情もあったのかもしれないが、母親である以上、少なくとも息子の存在を認めるべきだったと思う。ドメニコにはそれ以上の価値があるのだから。

ドメニコが母親との対面を語る際、彼の目には消え入りそうな炎のような痛みがちらついていた。そこへ、その記憶を心の奥の小さな箱に閉じこめたという告白が加わって、レイの心は引き裂かれた。もし、つらい経験をするたびにドメニコが長年にわたってそのように対処してきたのだとしたら、彼の心の小さな箱は否定的な感情でいっぱいになっているに違いない。だから、ドメニコは心を開かせようとする私のあらゆる試みに抵抗したのだろう。おそらく彼は恐れていたのだ。一つでも何かを解き放ってしまえば収拾がつかなくなり、破滅してしまうのではないか、と。

そうした推測は間違いなく二人の関係に新たな光を投げかけた。レイはかつて、彼の拒絶を彼女個人に由来するものと受け止め、深く傷ついた。彼が秘密を打ち明けようとしないのは、私を信頼していないからだ、と。けれど、もしかしたら、彼の拒絶は、彼自身が抱えている恐れに由来するものだったのかもしれない。私が彼の内面をおもんぱかって引き下がるのではなく、昨夜のようにもっと強く迫っていたら、おそらく二人はとっくに突破口を見つけていたのかもしれない。

もっとも、今はそんなことは重要ではない。過去は遠ざかり、二人の未来が半年しか残されていない今は。たとえその期限が存在しなかったとしても、レイが人生の伴侶に望むほどにはドメニコは心を開いてくれていなかった。彼女は、なんでも話せるパートナー、支え合い、励まし合えるパートナー、会いたいときに会えるパートナー、ベッドを共にするのと同じくらい気楽に気持ちを分かち合えるパートナーを求めていた。それはドメニコではない。少なくとも今は。

昨夜の会話はすばらしかったし、自分が変われば周囲の人々の変化を促せるとレイは勇気づけられたが、だからといって、ドメニコが永続的に変わったというわけではない。

二人がずっと一緒に過ごす可能性がほとんどない以上、性的な関係を復活させたところで、二人で決めたルールが曖昧になるだけだ。理性的に考えれば考えるほど、彼の提案がよい考えとは思えなかった。

それでも、昨夜のキスの映像はレイの頭の中で繰り返し再生されていた。

あの熱く焼けつくようなキスは夢の中の出来事のようだった。優しいけれど力強く、レイは足元の大地が揺れ動くような感覚に襲われた。これほどまでに感じさせてくれる男性がほかにいるだろうかとさえ、彼女は思った。別にほかの誰かのことを考えていたわけではない。今のところ、レイの関心は自分自身と、自分が望む人生を築くことに向いていた。

ヴェネチアを離れたとき、レイはドメニコに負わされた傷はいずれ薄れると考えていた。しかし、彼と一緒に過ごすうちに、自分の体にまだ彼の感覚が息づいていることに気づき、混乱を覚えた。いまだに彼への憧れは消えていなかったのだ。

昨夜、体のうずきがおさまるのに相当な時間を要した。〝僕がきみを満足させられる方法をすべて考えてみてくれ〟というドメニコの言葉が頭から離れなかった。

シャワーを浴びてベッドに入ったあとも、骨盤の下のほうで居座るうずきはずっと続いた。レイは、絶対にだめと自分に言い聞かせながらも、ドメニコが帰宅して、これまでにない方法で彼女を満足させてくれるのを切望していた。

しかし、二人の間にシルクの糸のように張り巡らされたかりそめの感情的なつながりは、彼に対する欲望をより深いものにした。なぜなら、二人で過ごした時間は、彼がいかに完璧なパートナーになりえるかを教えていたからだ。ドメニコは妹の話に耳を傾けてくれたし、彼の助言は思慮深く賢明だった。実際、会話のあとで、レイの抱いていた不安は和らぎ、気持ちが落ち着いた。

悩みを打ち明けてくれる人がそばいることにレイは慣れておらず、思いや心配事を打ち明けるのが苦手だった。そのため、両親を亡くして以来、一人で悩みを抱えこまなければならなかった。妹たちは悲しみに打ちひしがれていたので、彼女たちにさらなる負担をかけたくなかった。時がたつにつれて、レイは物事を内に秘め、自ら恐怖をしずめることが習い性になっていった。

だから、もしもっと上手に思いや悩み事を分かち合っていたら、二人の結婚は違った展開になっていたかもしれない。けれど、今さら悔やんだところで、なんの益もない。過去は変えられないし、彼のもとを去ったのは正しい選択だったとレイにはわかっていた。それは、わずか数カ月で自分のブライダル・コレクションを立ち上げた望外の事実が証明している。もしまだリッチ家の妻としてフルタイムで働き続けていたら、コレクション全体のアウトラインを描き、素材を調達し、十二着近いブライダル・ドレスとブライズメイド・ドレスをデザインして制作する時間などなかったに違いない。

レイの母親は、会社員の妻になったとたん、ケータリング会社を経営するという自分の夢を捨てた。多忙な夫の要求に応えるために自分のすべてを捧《ささ》げ、幸せな生活を送っていた。だが、夫の早すぎる死に打ちのめされ、心のよりどころを失い、悲しみと孤独の波に押し流されていった。レイは母親の二の舞を演じないよう肝に銘じ、そうなりかねない状況に身を置くのを拒んだ。

ドメニコにどんな思いを抱いていたにせよ、レイはそのことに関しては態度をはっきりさせていた。

「きみがここにいると予想してしかるべきだった。ここはきみのお気に入りの場所だったからな」

ドメニコの低い声に不意をつかれ、レイは自分の思いの強さが彼を引き寄せたような気がして驚きを禁じえなかった。

「ええ、相変わらず」レイはほほ笑み、ドメニコの目を見つめた。彼のすべてをいっぺんに受け止めようとするかのように。そしてすぐに、彼がどれほど疲れているかに気づいた。彼の黒い目は暗い影に覆われ、まなざしには緊張がにじみ出ていた。「もしかして、徹夜で仕事をして、それから今まで働きどおし？」

レイは、明け方に眠りに就いたが、まだドメニコは帰宅していなかった。今朝起きたとき、彼は夜明けと共に戻ってきて、着替えてから再びオフィスに戻ったのだろうと思っていた。だが、彼は今、昨夜と同じスーツを着ていた。

「まあ、そんなところだ」ドメニコは無精髭《ぶしょうひげ》の生えた顎をこすった。

その髭が肌にこすれる感触を思い出してどきどきしながら、レイは尋ねた。「それで、仕事はうまくいったの？」

「かんばしくない。ただ、問題を解決するために先方のCEOと直接会う約束を取りつけた」

「その方がヴェネチアに来るの？」

「いや、こちらから出向く」

携帯電話が鳴りだし、ドメニコはちらりと見た。

「彼はマヨルカ島に豪邸を持っていて、週末に僕たちを招待してくれた」

週末は一人で過ごす羽目になると思っていたので、レイは彼の言葉を理解するのに少し時間がかかった。奇妙な感覚が胸に広がるのを感じながら、彼女は眉根を寄せてきき返した。「僕たち？」

ドメニコがゆっくりと歩いてくると、レイの心臓が跳ねた。

「そうだ。妻を連れてくるようにと誘われたんだ。なのに、僕が一人で出かけたら、妙に思われるだろう？」

ドメニコが近づくにつれ、頭がくらくらし始めた。まず彼の香りが襲ってきて、続いて彼の体そのものが迫ってくる。シャツ越しに見える彼の胸の輪郭、固い筋肉に、レイは思わず見とれた。超人的な努力のすえに、視線を彼の顔に移すと、ちょうど彼の口元に小さな笑みが浮かんだところだった。

「それに、昨夜の会話の続きができる」

レイは、その会話はもう終わったと彼に伝えるいい機会だとわかっていた。しかし、なぜか言葉が出てこない。その間に、ドメニコの目は彼女の顔を眺めまわし、唇にかかったところでぴたりと留まった。続いて頬を羽根のように軽くなぞられると、レイは頭が真っ白になった。

「だが、あとにしよう」ドメニコはそう言って、キスを求めてまだ唇をうずかせているレイをそのままにして手を下ろした。「今すぐ、荷造りを始めないといけない。九十分以内に出発する」

レイは唖然《あぜん》として黙りこんだ。熱くなった体が現実の冷たさに触れて消えていく。

九十分……。そんな……無理よ。

これまでのところ、レイの仕事が二人の間で問題になったことはなかった。彼女は昼間、空いた時間にデザインに取り組んでいたが、ドメニコは意外にも、彼女が一人でいる時間に何をしているのか尋ねたことはなかった。しかし今、レイは彼に話さなければならなかった。

彼はすでに立ち去りかけている。レイは深呼吸をして声をかけた。「ごめんなさい。九十分以内に出発するなんて無理よ」

ドメニコは足を止めて肩越しに振り返ると、信じられないという表情で尋ねた。「そうしてくれないと困るんだ」

「いいえ、できない」レイは落ち着いた声を出そうと必死だった。「約束があるの」

「キャンセルできないのか？」

ドメニコがあまりに簡単にきいてきたので、レイは以前と同じようにいらだった。なぜ彼はいつも、私の予定や計画は取るに足りないものだと考えているのだろう？　指を鳴らせば、いつでも私は彼に従うはずだと？

「ええ、できないわ」再び深呼吸をしてからレイは答えた。「土壇場でキャンセルするのは失礼だし、プロとして失格の烙印《らくいん》を押されかねない。私にとっては、この打ち合わせはとても重要なの」

ドメニコは彼女を凝視した。その黒い瞳は熟慮するかのように深い色をたたえ、両腕は胸の前で組まれていた。「その重要な打ち合わせとはなんだ？」

レイも腕組みをして、彼の視線を正面から受け止めた。「クライアントとのテレビ電話よ」

「クライアント？」

レイはうなずきつつ、これまで自分の仕事について話すのを避けてきたことを悔やんだ。彼女にとって仕事は大切だった。そして、リッチ・グループを率いる彼の要望をレイがすべて受け入れてきたように、彼も私が仕事をするのを受け入れなければならない。「ええ、ブライダル・コレクションのデザインを始めたの」

レイはテーブルからスケッチブックを取り上げ、彼に手渡した。ドメニコはページを繰ってスケッチの一つ一つを目で追っていった。表情が変わらないので、何を感じ、何を考えているのか、まったくわからない。

「なぜもっと早くに話してくれなかったんだ？」

ドメニコの口調は無愛想で、レイはかつての自分に戻って引き下がりたくなったが、なんとか踏みとどまった。

「あなたがきかなかったから。でも、あなたの言うとおり、今まで黙っていた私が間違っていた。この仕事は私にとってとても重要で、この数カ月間、信じられないほど懸命に取り組んできた。今日の午後、結婚を間近に控えた女性とテレビ電話でウエディングドレスのデザインについて相談に乗ることになっているの」レイは、自分が以前にはなかったような率直さで、しかもドメニコと対等であるかのように話していることに気づいた。マヨルカ島への旅が重要なのは理解している。だから、妥協点を見いださなくては。「今晩遅くに飛行機で一緒に行くというのはどうかしら？」

「いや」彼はしばらく考えてから答えた。「きみの仕事が終わり次第、出発することにしよう。数時間遅れても、さほど大きな違いはないだろう」

「そうなの？　ありがとう」レイは驚きを必死に隠しながら言った。彼がこんなにも簡単に予定を変えることに同意するなんて。

「どういたしまして」ドメニコは短くうなずいてから踵《きびす》を返した。

レイは言葉で言い表せないほどの喜びと、ドメニコの思いがけない対応への驚きで、ただ彼の後ろ姿を見つめるしかなかった。

レイはマヨルカ島までのフライトの間、ほとんどスケッチブックに向かって両手を動かし続けた。そんな彼女を、ドメニコは興味津々で眺めていた。テレビ電話による打ち合わせを終えたレイは意気軒昂《いきけんこう》で、瞳には力強い輝きがあった。当時は気づかなかったが、よくよく振り返ってみると、レイはあの頃、自分の何かを失っていたことがわかる。彼女は結婚したことで、キャリアの中断を余儀なくされたのだ。

週末の会議に備えてドメニコは機内で仕事をするつもりだったが、レイのことばかり考えてしまい、答えの出ない問いに悩まされた。

彼はその手の問いが大嫌いだった。もう充分に悩まされてきたからだ。

レイが腰を下ろして自分の作品を客観的な目で眺め、満足げに顔をほころばせたとき、ドメニコは自分の好奇心を満足させるチャンスだと感じた。

「見てもいいか？」ドメニコは彼女の向かいのシートに移って尋ねた。

少しためらったあとでレイはうなずき、スケッチ帳を彼のほうに向けた。

ドメニコは最初のスケッチに視線を落とすなり、その丁寧さ、細部へのこだわり、そして彼女がパラッツォで見せてくれたデザインですぐに気づいた彼女独特のセンスに目を見はった。そしてすべての作品を見終えたとき、彼女の仕事ぶりは絶大な称賛を受けるに値すると確信した。

「花嫁用のドレスを二着つくっているのか？」

「ええ。一着は挙式用、もう一着は披露宴用に」

ドメニコが望んでいたのは、しっかりとレイをつかまえておくことだけだったにもかかわらず、彼女の言葉に耳を傾けようと努めた。このところ、数カ月も抑圧してきた燃えるような欲望が解き放たれ、は山火事のように彼の中に広がっていた。

「これが挙式用のドレスよ。すべてアランソンレースで、とても豪華でロマンティック。すごく高価だけれど、形が美しく、耐久性があるから、クライアントが望むビーズ装飾も可能なの」

「美しいよ、レイ。ここに描かれているデザインはどれもこれも」彼女の目が見開かれ、幸せそうにきらきら輝いているのを見て、ドメニコは胸を締めつけられた。かつて、レイの目にそういう輝きを与えるのは彼の責務であり、彼女が人生を分かち合いたいと願ったのも彼だったことを考えると、なぜ彼女がデザインの仕事のことを打ち明けてくれなかったのか、理解できなかった。「正直なところ、どうしてきみがデザインの仕事を始めるようになったのか、そこに興味がある」

またもレイはためらった。細い喉が神経質に動き、舌で唇を湿らせる。その無邪気な行為に、ドメニコは彼女の返答を聞こうと集中していたのに、欲望が体の隅々で燃え上がった。

「ネル・パーカーを覚えている？　私たちが初めて会ったのは、彼女の結婚式のためにヴェネチアに行ったときだった。そのとき、ネルのドレスのデザインを手伝ったのがきっかけよ。彼女は投資会社を経営しているんだけれど、私のデザインにとても感激してくれて、もし私が本格的にデザインの仕事をする気があるなら、投資すると言ってくれた。数カ月前、その申し出がまだ有効かどうかを確認するために電話したら、偶然にも、ネルの妹が結婚式で何を着るかで困っていて、彼女も私に連絡を取ろうとしていたところだった。挙式用ドレスもブライズメイド・ドレスも思いどおりにならず困っていたときに、私のことを思い出したそうなの。私がデザインしたネルのドレスを妹さんがとても気に入っていたことを。それで彼女は私に助けを求めたわけ。そして妹さんの結婚式のあと、私のことを知りたがる人が増えたみたいで、正式にパートナーシップ契約を結ぶ前に、ネルに見せるためのコレクションをつくりながら、依頼を受けている最中なの。顧客のリストがあれば、私のデザインに需要があることを証明できるから、投資先としてさらに有望になる。そうでしょう？」

「ああ、賢明な判断だ」ドメニコは彼女の起業に取り組む姿勢に感心した。「もちろん、きみがロンドンのブライダル・ブティックでコンサルタントとして働いていることは知っていたが、自分のコレクションをデザインしたいとか、自分のブランドを持ちたいと考えていることは知らなかった」彼は声音に小さな非難の響きがまじるのを抑えられなかった。

「ええ、わかっているわ」二人の視線がぶつかり合い、レイは緊張した。「本当のことを言うと、怖かったの。あなたは野心のある妻を望んでいないのではないかと」

「妻がキャリアを積むのを僕が応援しないかもしれないと？」

「ええ」レイは認めた。

ドメニコはあんぐりと口を開けた。レイはどんな根拠があってそんなばかげた推測をしたのだろう？理解できない。とはいえ、彼女の推測を否定するだけの根拠も、にわかには思いつかなかった。

「ドメニコ、あなたは私たちの結婚生活が現状維持のまま続くのを望んでいた。私たちの関係が始まった頃、あなたは私が常にあなたのそばにいて一緒にいることが好きだとはっきり言っていたでしょう」

「そのことで僕はきみに謝るべきなのか？」彼は思った以上に怒りを覚えながらも、気づかされたばかりの自分の落ち度が胸に重くのしかかり、彼女の言葉に心を切り裂かれた。彼女の指摘はすべて正しかったからだ。

ドメニコは彼女が従順であることを望んでいた。いつも妻が手の届く距離にいるという喜びと安心感、自分の人生に迎え入れるほど大切な人を見つけたという幸せを噛《か》みしめながら、彼女をできるだけ抱きしめていたかった。「きみは僕の妻だ、レイ。もちろん、いつも一緒にいたかった。それこそが僕たちが結婚したことの意味なんじゃないか？」

「ええ」レイの青い目はきらきらと輝き、さまざまな感情が満ちあふれていた。「でも、あなたと結婚するということが、私のすべてをあなたに委ねることだとは思っていなかった。二人の関係はパートナーシップ、つまり対等だと思っていたの」

「実際、パートナーシップだった」いくつかの不平等があったことに気づいていたにもかかわらず、ドメニコは主張した。

「あなたの立場からすればそうかもしれない。でも私にとっては、あなたと一緒にあなたの人生を生きることに精いっぱいで、自分の人生を生きる時間がなかった」レイは涙声で反論した。

彼女の瞳にきらめく感情の奔流から、ドメニコはすでに察していた。それはけっして些細《ささい》なことではなかったのだと。

「ドメニコ、私は自分の人生を持つ必要があった」

彼の喉は締めつけられ、口の中は乾きすぎて、まるで拷問されているようだった。ドメニコは自分は人の心を読める鋭敏な人間だと自負していたが、レイがそんなふうに感じていることに気づかなかったし、疑いもしなかった。その鈍感さが彼女を失望させてしまったのだ。

ドメニコにとっては、人生のどの分野においても、失敗は許されなかった。出生の真実を知るずっと前、幼い頃から、エレナに引き取られたことは信じられないほど幸運だったとわかっていたし、その幸運の重みを常に感じて伯母の期待に応えなくてはならないと心に誓っていた。だから彼は、可能な限り完璧に近づくよう常に努力した。あらゆる仕事、あらゆる技術を習得し、夜遅くまで勉学に励み、リッチ・グループの仕組みを研究しつくした。

レイと結婚したとき、ドメニコは同じように取り組んだ。最高の男、最高の夫になろうと。彼にとってそれは、できるだけ早く二人の関係を正式なものにし、伝統的な方法で彼女を妻として認めたうえで、何不自由ない贅沢《ぜいたく》な暮らしをさせることを意味していた。だが、それだけでは充分ではなかったのだ。

「きみが現状に不満を持っていたなんて知らなかった」感情を制御しきれず、ドメニコの声は震えた。

レイの青い目が彼の目をとらえた。「あなたは一度も尋ねたことがなかった」

「そして、きみは僕に何も言わなかった」ドメニコはいらだたしげに言い返した。確かに僕は知らなかったかもしれないが、レイも黙っていたのだから、彼女にも責任があるはずだ。「レイ、何か必要なことがあれば、話してくれればよかったんだ。そうしていれば、なんの問題もなかったのに」

僕が妻を幸せにすることだけを望んでいたのを、レイは知らなかったのだろうか？　彼女にできる限りのことをしてやり、すべてを捧《ささ》げたかった。レイは幼くして両親を失い、悲しみに暮れる二人の妹の面倒を一心に見てきた。僕はその埋め合わせをしてやりたかった。今日の午後だって、彼女の仕事に支障を来さないようフライトを変更するなど、融通をきかせた。彼女には僕の思いやりが通じていなかったのだろうか？

レイは短く笑った。「覚えていないの？　私が何か話そうとするたびに、あなたは遮り、私を黙らせたことを。結局、私は諦め、あなたが立ち去るか、私にキスをしてベッドに入るか、そのどちらかだった。そんな夫婦はどんな結婚生活を送ることになると思う?」彼女は悲しげに重いため息をつき、つらい思い出を消し去ろうとするかのようにぎゅっと目をつぶった。「要するに、別れたほうが楽だった」

ドメニコは彼女を見つめ返した。アドレナリンが全身に噴き出し、取り留めもない考えが頭の中をぐるぐるまわっていて、声も出せなかった。なぜなら、自分自身の振る舞いを厳しく見つめ直すしかなかったからだ。彼はレイに、夫から締め出され、無視されていると感じさせていたのだ。

その事実は雷鳴のようにドメニコの脳裏にとどろき、いらだちと罪悪感と自責の念で彼の胸を引き裂いた。

8

フライトの残り時間、ドメニコはレイとほとんど言葉を交わさなかった。

空港から島の北端にある彼の別荘に向かう間も、沈黙が続いた。車が私有地への入口となる大きな門を走り抜け、レイがドメニコに向き直ってその印象を口にしたときも、彼から返ってきたのは、〝別荘は二階建てで、プライベートビーチが備わっている〟という短い説明だけだった。

レイは今、必死に心身のいらだちを払拭しながら、荷ほどきに取りかかっていた。しかし、何をしても、いらだちが消えることはなかった。

彼女が避けてきた会話をようやくドメニコと交わ

したが、それは彼女が恐れていたように不快で落ち着かないものとなり、二人の間に潜んでいた亀裂をあらわにした。そして今、巧妙に隠されていた二人の結婚にまつわる問題が、その姿をはっきりと現したように思えた。

レイはそれが簡単に解決するとは考えていなかったが、どれほど大変なことなのか、はっきりと悟っていたわけでもなかった。今や、誠実かつ率直に、二人の結婚生活を検討し、分析する必要があった。それは彼らにとって新たな挑戦であり、問題の核心に迫るためには二人とも徹底的に心を開かなければ前に進めない。そして、レイにとって心を開くのは難しく、恐ろしいことだった。自分は常にオープンな人間だとかねがね思っていたのに、改めて自分の心の奥底にある考えや感情を打ち明けるのがいかに不得手か思い知らされた。ドメニコが自身の感情を打ち明けようとしないことに不満と憤りを感じていたのに、レイ自身も彼と同じ過ちを犯していたのだ。その挙げ句、荷物をまとめてドメニコから逃げ出した。自分の気持ちや不満を彼に打ち明けることなく。

機内での彼との会話で、レイは以前よりずっと自分をさらけ出したが、すべてを打ち明けたわけではなかった。とりわけ母親のことは。レイの母親は夫の死に打ちのめされて深刻な鬱状態に陥り、そこから抜け出せなかった。母のことを話さない限り、レイの行動をドメニコがすべて理解できるとは思えなかった。

とはいえ、そのことをドメニコに打ち明けるには、彼の心と魂にさらに踏みこむ必要があった。なぜなら、打ち明けたら、彼はほかの誰も知らない方法でレイを知ることになるからだ。ドメニコは彼女の心の奥底の壊れた部分まで知ることになるのだ。

彼とそれほどまで親密な関係になることを考えると不安が急激に募り、レイはじっとしていられず、立ち上がってバルコニーに出た。涼しい夜気が肌に心地よい。彼女は細い手すりをつかんで目を閉じ、落ち着くのよと自分に言い聞かせたが、すぐに水音によって心を乱された。

インフィニティプールのある下をのぞくと、ドメニコが水面を切り裂くようにして泳いでいるのが見えた。水をかく腕は力強く、筋肉質の大きなブロンズ色の体は澄んだ水の中で金色に輝いていた。

たちまち胸が高鳴り、レイの脳裏に昨夜の記憶が、押しつけられたたくましい体の記憶がよみがえった。

服を脱いでプールに入り、水の中でドメニコと戯れたら……。想像するだけで、レイは欲望のとりこになった。ほかのことは何も考えられない。

しかし、あまりの欲望の激しさに恐れおののき、レイは急いで手すりから離れた。私は彼とよりを戻すためにここにいるわけではないし、彼とより親密になる必要もない。私に必要なのは、半年後に無傷で立ち去れるだけの距離を保つことだ。だから、ドメニコが傷つき、いらいらしているのであれば、それを放置し、二人のこれ以上の接近を防ぐのがいちばん賢明なのかもしれない。

だが、レイの良心が忠告した。彼には充分な説明が必要だったはずよ。

確かに、過去を忘れて前に進むためには、それこそが公平というものだ。現在の二人の混乱ぶりを考えると、自分の考えや感情を隠している限り、うまくいくはずがないし、私は自分の卑怯《ひきょう》さに苛《さいな》まれ続ける羽目になるだろう。

私がドメニコとの取り決めに同意したのは、自分が変身を遂げ、成長したことを証明するためだ。おそらく自分の本当の感情を率直に話す方法を身につけたのもその一部に違いない。そして、自分自身が率直かつ誠実にならなければ、ドメニコの秘密を探り続けることはできない。たとえ、彼に自分をすべてさらけ出すのがどんなに怖くても。

けれど、今しかない。レイは意を決し、プールへと続く階段を下り始めた。

泳ぐというのは、いい考えだった。

インフィニティプールを端から端まで何度も泳ぐうちに、ドメニコの気持ちは落ち着き、レイの手によって解き放たれた悪魔や不安を再び箱の中に閉じこめることができたからだ。

縁に腕をあずけ、夕焼けのピンクや赤、燃えるようなオレンジの筋が空を彩る絶景を眺めながら、ドメニコは自分自身をうまくコントロールできるようになったと感じていた。

この週末にかかっていた。ロルカとの契約の成否は、こんな大事なときに感情に流されるのは、あまりに危険だ、と彼は自戒した。

にもかかわらず、夕方の憩いのひとときを楽しみながら、ドメニコの頭を占めていたのは、契約の件ではなく、レイのことだった。二人の結婚生活、そして彼が犯した失敗の数々。

ドメニコは自分の過ちを認めることができる男だった。エレナに説明責任という美徳を教えこまれ、自分が間違っているときは素直に認めた。レイとの結婚生活に関しても、それは変わらない。ドメニコは彼女を感情的に無視するという過ちを犯したことを認めた。

レイが口にした彼への苦言は耳に痛かった。ドメニコは彼女のキャリアにはまったく関心を示さなかった。将来の夢や野心について尋ねたこともなかった。ロンドンで従事していた仕事を愛していることは知っていたが、ヴェネチアで同じような仕事をするよう勧めたことは一度もなかった。

なぜそうしなかったのだろう？　答えは簡単に出た。そんなことは考えてもいなかったからだ。

そんな自分をドメニコは呪った。フライト中と同じく、新たな気づきが彼をむしばんだ。二人の結婚生活にはなんの問題もなく、レイが出ていく正当な理由はなかったと強弁したものの、実際はその逆だった。彼は多くの点で妻を失望させていたのに、そのことに気づいてさえいなかった。

ふいに足音が聞こえ、肩越しに振り返ると、レイがプールサイドを素足で歩いてくるのが見えた。緩くウェーブのかかった髪を下ろし、旅立ちと同じ白いパンツと青いブラウスという格好だ。とたんに血がたぎり、目をそらせと命令しても無駄だった。

彼女への思いから逃れる術《すべ》はなかった。過去に何があったにせよ、ドメニコは抑えることのできない熱情で彼女を求めていた。

レイが立ち止まった。「話がしたいの」

「僕たちは今日一日で充分に過去を掘り起こしたんじゃないか、レイ？」

「ほんの数秒でいいわ」

「わかった」その視線から、彼女はけっして引き下がらないと察し、ドメニコはプールの縁をつかんで、全裸《ベーネ》のまま水から上がった。タオルに手を伸ばし、腰に巻いてからレイのほうを振り向く。彼女は目を見開き、その目に驚きと飢えをたたえていた。

レイは深呼吸をしてから切りだした。「あなたに謝りたいの。あの会話以来、私は二人の間に起こったすべてのことを考えずにはいられなかった。そして、逃げたのは間違いだったと気づいた。私は臆病で、卑怯《ひきょう》だった。私が何を感じ、何を考えているか、あなたに話すべきだった。たとえ、それがどんなにつらくても、努力するべきだった。そうしなかったこと、そして謝るのにこんなに時間がかかってしまったことを、心から申し訳なく思っているの」

「そう言ってくれてうれしいよ。ありがとう」そう応じたものの、深く自省しているのはドメニコも同じだった。レイにはまだ言いたいことがあるらしいと感じたが、二人の関係が破綻したのは彼女一人の責任ではないと一秒でも早くわかってほしくて、彼は急いで言葉を継いだ。「だが、きみが機内で僕について指摘したことは間違っていなかった。僕はきみが常にそばにいることを望んだし、それを変えてほしくなかった。けれど、きみの行動を制限しようとしたわけじゃないし、そんなふうに考えたこともない。僕はただ、きみとの間に生まれた一体感を失いたくないと思っただけなんだ。そんな感覚を味わうのは生まれて初めてだったから」

しかしレイには、なぜドメニコがそのような行動に走ったのか、彼の無知と無思慮がどこから来ているのかを知る権利があった。レイが彼の一言一句に耳を傾けている様子から、彼女も同じようにその説明を求めているのだとわかった。

「あなたがそんなふうに感じるのは、両親のせいなの？　彼らが育ててくれなかったから、その……一体感を持てなかったの？」まるで地雷原を爪先立ちで横切っているかのように、レイは慎重にも慎重を重ねて尋ねた。

そんなふうに恐る恐る尋ねなくてはならないように、僕は仕向けたのか？　自分への怒りが彼の胸を深々と突き刺した。

ドメニコはすばやくうなずいた。認めたくはないが、そうするべきだとわかっていた。僕は知らず知らずレイにとって威圧的な存在になっていたのだ。すぐに正さなければならない。償いを始めなければならない。彼は手近な寝椅子に腰を下ろし、レイにもそうするよう目で促した。

「母が僕を捨てたのは生後数日のことだった。母は僕をパラッツォ・リッチの玄関先に置き去りにした」レイがショックを受けて息をのむ音を聞きながら続けた。この状況を乗り切るには、前に進むしかない。「母は僕に名前をつけなかったし、出生届も出していなかった。出生証明書には〝両親不明〟と書かれている。父と母が誰であるにしろ、僕との関わりを望んでいなかったわけだ。普通の子供たちが持つような、家族の一員だという帰属意識や安心感を僕は持てなかった。エレナは僕にありったけの愛情を注いでくれたが、僕は常に、法的な意味でエレナに属してはいないことを自覚していた。ほかの子供たちは、残酷にも、僕にそのことをより強く意識させるのが得意だった」

そして、その安心感や帰属意識を植えつけることにつながる措置が講じられることはなかった。

伯母は僕に多くのものを与えてくれたが、もし僕を家族に迎え入れることを可能にする書類も与えてくれていたら、どんなによかったか。少なくとも、家族に拒絶されるということが再び起こるのではないかと、びくびくしながら育つことはなかったに違いない。

そして、ドメニコが初めて心の底から安心できる絆《きずな》を感じたのは、レイと出会ったときだった。

彼女はとてもオープンで自分自身を惜しみなく与え、無条件でドメニコを受け入れた。レイは感じていること思っていることをすべて顔に出し、彼が部屋に入るたびに両手を大きく広げて迎え入れ、キスをした。その熱烈なキスが大好きだった。彼女に愛されていると確信できたから。

おそらくそれが、彼を熱烈なプロポーズへと走らせたのだろう。なぜなら、レイの中に、ずっと追い求めていたもの――愛と受容と帰属を見つけたからだ。そして、それが奪われる前に、二人の関係が法的拘束力を持つことを望んだのだ。

闇が二人を包みこむ中、レイは静かに、彼が打ち明けたことを吸収していた。彼女が口を開いたとき、ドメニコは同情やありきたりの慰めを予測していたが、彼女はただ悲しげにほほ笑んでこう言った。

「もし四カ月前に、私たちがこうして話をする方法を見つけられていれば……」

「何か変化があっただろうか？」なぜそんな質問をしたのかも、本当にその答えを聞きたかったのかどうかもよくわからないまま、ドメニコは尋ねた。

彼女は考えこむように首をかしげた。「わからない。ただ、私たちが難しい問題について話し合う能力を持っていると知っていれば、二人の関係についてもっと確信が持てたと思う。私たちは大事な話をすることができる。私はあなたと話すのが好きだし、あなたの声を聞くのが好きなの」

「つまり、僕たちが何も話さずに過ごした時間は気に入らなかったと？」

レイのあげた笑い声は純粋そのものだった。「それについてはなんの問題もなかったわ。私たちの夫婦の営みに関しては、いつも信じられないくらいすばらしかった」はにかみながら、彼女は目を輝かせた。「だから、私はそっちに気を取られてしまい、自分を見失ってしまったのよ。あなたの腕の中で横たわっているとき、私は最もあなたを近くに感じた。でも、それだけで満足してはいけなかったのね。セックスで紛らしてはだめだったのよ」

彼女の口調に非難めいたものを感じ、ドメニコはため息をついた。「僕はそんな気持ちできみを抱いたことはないよ、レイ」

「もちろん、そうでしょうね。でも、結婚したら、少しはガードを下げて、もっとあなたを見せてくれると思っていた。なんでも話してくれるって。私の両親がそうしていたように」

両親のことを思い出しているのだろう、レイは懐かしそうにほほ笑んだ。

「私と妹たちがベッドに入ったあと、よく両親のおしゃべりを聞いたものよ。特に夏は窓を開けっ放しにしておくから、外で話している父と母の声を聞きながら眠りに就いた。母はその日マギーがどんないたずらをしたかを話し、父は仕事のことを話していた。私は愚かにも、夫婦というものはみんなそうなるものだと思っていたから、私たちもそうなるものと信じていた」

レイの告白を聞いて、ドメニコはそんな単純な夢を台なしにしてしまった自分に腹が立った。

「父と母があの場所にたどり着くまでにどれだけの苦労があったのか理解できずに。そして、あなたが胸の内をさらけ出してくれなかったとき、それは私に対する拒絶だと思った。話してくれないのは、私を信頼していないからだと。時には、私と結婚したのを後悔しているんじゃないかとさえ思った。つらかった――」

「レイ、それは違う」レイが言い終える前に、ドメニコはきっぱりと否定した。「僕は誰よりもきみを信頼していた。きみが現れるまで、僕は自分の人生にこれほど深く誰かを入れるなど考えたこともなかった。ただ……」

罪悪感という鉄槌《てっつい》が頭に振り下ろされて言葉を失ったのは、自分のもう一つの欠陥に思い至ったからだった。レナを締め出した、そのやり方に。

ドメニコは過去について話すのが好きではなかった。経験上、泥をかき分けて骸骨を探してもいいことは何もないとわかっていたからだ。感情的なものを掘り下げることは彼にとってなんの魅力もなく、レイとのそうした会話を遮断した。自分を守るために、そして彼女にどう受け止められるかを考えずに。レイがどう感じるか、二人の関係にどんな影響を及ぼすかも。だが、今ならわかる。彼は人から完全に締め出されたときの悲しみやつらさを知っていた。レイが似た気持ちになったことは想像に難《かた》くない。

「きみを締め出すつもりはなかったんだ、レイ。ただあの会話を遮断したかっただけだ。でも、どうすればきみを受け入れることができるのか、わからない」自己分析に不快感を覚えながらも、ドメニコは認めた。「困難にぶつかったとき、僕はいつも、自分の感情を小さくて制御しやすいものに圧縮して心の奥に閉じこめることでやり過ごしてきた。簡単には開けられない扉の向こうに閉じこめて」

「あなたのそういうところは、すでにわかっているつもりよ」レイは彼に向かって手を差し伸べた。

指先がドメニコの裸の膝にほんの少し触れただけだったが、その感触は体の至るところに伝わった。

「あなたはそんなふうに締め出されるべき人じゃないし、そんな思いを背負わされるべきでもない。そして、私がしたように、置き去りにされていい人でもない。本当にごめんなさい。でも、あなたが私に話してくれたことすべてに感謝します。けっして簡単なことではなかったはずなのに」

確かに簡単ではなかった。傷口から毒を抜くようなものだったが、心を開くことでレイの目が和らぎ、愛に満ちた輝きを放つのであれば、僕は喜んでもっと話すだろう。彼女が僕を見つめ続けてくれるのなら、どんなことでも話す。

「僕はきみを失望させてしまった。すまない」

「それはお互いさまよ」レイはため息まじりに言い、横目で彼を見た。

そのとき、ドメニコは彼女の目の中に感情の嵐が吹き荒れているのを見た。レイは唇の内側を嚙《か》み、不安げに何かを考えこんでいる。自分にとって重要だと感じた何かを打ち明けるのを迷っているように見えた。そして、意を決したようにかぶりを振り、目の中の感情の嵐を追い払った。

「私たちは二人とも間違いを犯した」

自らの過ちによって心を引き裂かれたこと、レイを失いたくないことを、ドメニコは彼女に伝えたかった。そしてもしやり直せるなら、すぐにでもそうしたいと言いたかった。だが、その言葉をどう吐き出せばいいのかわからなかったし、口に出すことが賢明なのかどうかもわからず、頬にそっとキスをして彼女を解放した。

「今のキスは誰かに見られていると思ったから？」

「まさか」ドメニコはほほ笑みながら答えた。「ただきみにキスをしたかっただけだ」

レイの呼吸が速くなり、まなざしが熱を帯びた。

「それで……私がキスを返したかったら？」

「止めるわけがない」というより、彼は自分を止められなかった。レイから目を離せず、彼女に触れたくて両手がうずうずした。

ドメニコと同じタイミングでレイが動いたため、二人の体がぶつかり合った。そして唇が重なった瞬間、あたりに星屑《ほしくず》が飛び散り、彼の感情のダムが決壊した。

9

情熱のこもったドメニコのキスに、レイはどうしようもなく身を震わせ、歓喜に血を沸き立たせた。かろうじてまだ働いている脳のごく一部で、彼女はこれを待ちわびていたと思った。彼の固い唇がレイの唇を巧みに滑るのを、彼の手が彼女の柔肌に食いこむのを、彼のたくましい体が押しつけられるのを。

レイは圧倒されそうになり、どちらを先に喜べばいいのか決めかねていた——彼のがっしりとした男性的な体による刻印か、口の中に侵入してきた彼の舌による蹂躙《じゅうりん》か。

この夜を終える最後の場所は、ドメニコの腕の中となった。それは正しいし、必然だと、レイは確信した。ドメニコが心を開くにつれ、自分がどんどん彼の中に入っていくように感じる。今の彼はとてもオープンで正直で、自分もそうなりたいと思った。

しかし、その時が訪れたとき、レイは実行に移せなかった。ドメニコとの間にあるものがなんであれ、心と魂をさらけ出さなければならないほど重大なものには思えなかったからだ。二人の関係は本物ではなく、長続きするものでもなかった。

しかしそのあと、ドメニコは彼女の口への華麗な攻撃をやめ、代わりにひどく敏感な首筋の皮膚を貪った。レイはとっさに彼の髪に指を巻きつけ、冷たい空気を肺いっぱいに吸いこんだ。なぜなら、早くも彼の魅力と愛撫《あいぶ》に溺れかけ、大量の酸素を必要としていたからだ。

彼女を貫く感情は、二人の関係は本物ではないという思いこみに対する直接的な抗議のように思えた。ドメニコが口を動かすたび、手を動かすたびに、少しずつ彼女をとりこにしていった。やがて、なぜか自分の中でどこかずれていると感じていた部分が、完璧な調和を取り戻し始めるのを感じた。

レイは、ドメニコがいなくても大丈夫、自分の人生には欠けているものは何もないと自分を納得させることに、多くの時間とエネルギーを費やしてきたが、彼の手が隈《くま》なく全身を這《は》い、彼の刺激的な香りに包まれている今、その嘘《うそ》を捨てるしかなかった。というのも、彼の指と口によって、自分が生き返った気がしたからだ。

ドメニコの手は彼女のブラウスのボタンに向かった。その目は飢えに満ちていながらも、限りなく優しい。これまで何度も同じことをされてきたのに、とても新鮮に感じられた。

彼はブラウスの前をはだけ、渇望にきらめく黒い瞳でレイを見下ろした。「きみはとても美しい」

ささやかれた言葉には愛と無防備な感情が込めら

れているようで、レイの目の奥を涙がつついた。

「あなたもよ、ドメニコ」レイは手を上げ、強い顎のラインを撫《な》でてから、豊かな唇を指でなぞった。

慣れ親しんだはずの顔なのに、目をのぞきこむと、彼の心や魂まで見通せる気がした。そんなことは初めてで、レイは身を震わせた。彼女はいつもドメニコのすべてを求めていた。そして今、彼はまさにすべてを与えていた。けれど、そこには喜びと共に危険もあった。なぜなら、二人の結びつきがより強く、より切実なものになったからだ。そこから自分を引き剥がすのがいちじるしく困難になるほどに。

しかし、今さら引き返すのはさらに困難だった。レイは心からドメニコを求めていた。渇望していた。どうしても彼が必要だった。

「家の中に連れていって、ドメニコ」レイはかすれた声で言った。

するとドメニコは息をのんだ。予期せぬ言葉を聞いたかのように。それからすぐに立ち上がってレイを抱きかかえ、彼女の脚を腰に巻きつかせた。

二人は無言で見つめ合った。何か言ったら、すべてが台なしになる気がしたから。

ドメニコは部屋の中に入り、彼女を立たせた。部屋は薄暗く、淡い明かりの中で、彼はレイの唇にキスをした。彼女はすぐに応えた。キスはあっという間に深まり、欲望の蜜の川はより勢いを増した。息継ぎのために彼が身を引いたとき、たくましい胸は不規則なリズムで上下動を繰り返した。

レイは手を伸ばして彼の胸をなぞり、なめらかな肌を堪能した。それは、彼女が触れ、味わった唯一の男性の肌だった。だから、比較することはできないが、ドメニコ以上にすばらしい体の持ち主はいないと本能が教えていた。

彼の胸にキスをし、心臓のあたりに唇をとどめる。ドメニコは自分の居場所はないと思いこんでいるけれど、その瞬間、彼はレイに属していた。彼がいるべき場所はほかには地球上のどこにもないことを示すために、レイは自分の体に宿るすべての力を使おうと決意した。

両手を彼の腹部に滑らせ、タオルの結び目をほどいて引き剥がす。とたんにレイの胸は高鳴り、口の中はからからに乾いて、血はさらに熱く濃くなった。かつてのように彼が私の中に入ってきて満たしてくれたら、どんなに気持ちいいだろうと、思わずにはいられなかった。ああ、彼のものになりたい……。

息も絶え絶えのレイを見て、ドメニコの目に焦燥感が宿ったかと思うと、彼女の服に手を伸ばし、ブラウスを脱がし、パンツを引き下ろして、脇に放り投げた。頭を下げ、喉元からブラジャーのカップの縁へと舌を這わせる。たちまち、レイの胸は張りつめ、頂が硬くなった。

「レイ……」ドメニコがうめき声をあげた。「もう我慢できない。きみの中に入りたい」

「我慢する必要なんかないわ」レイは促し、あおるように体を彼に押しつけた。

二人は抱き合いながらベッドに倒れこんだ。ドメニコはすぐさま彼女の脚の間に身を置き、一息に欲望のあかしを押しこんだ。彼に完全に満たされるやいなや、レイはあえぎ声をもらした。再び彼のものになった喜びと、以前よりずっと生々しく、大きくて力強い彼の感触に対する驚きで。それは感動的な瞬間だった。ドメニコが彼女の中で、優しく、けれどしっかりと動き、絶頂へと駆りたてていく。

レイは彼にしがみつき、彼のキスが欲しくて唇をとがらせると、彼はそれに応え、口を皮切りに、顎から首筋まで、熱いキスの雨を降らせた。その間も彼女のヒップを両手でつかみ、腰をリズミカルに動かした。やがてそのリズムが変わり、より荒々しく、より独占的になって、レイの自制心を打ち砕いた。

彼女は懇願するようにドメニコの肩にしがみつき、その肌に唇を押し当てた。彼が必死に耐えているように感じたものの、レイは一緒にクライマックスを迎えたかった。

そして、その瞬間が訪れたとき、数えきれないほど体を重ねてきたにもかかわらず、レイはこれまで最高の快感の波にさらわれていった。

10

レイは最高にすてきな夢を見ていた。

ドメニコの巧みな口が彼女の首筋をかすめ、吸う。彼の唇と舌が触れた場所に生じた強烈なうずきは、爆発的な快感となって血管を通り、脚の付け根へと流れこんだ。ドメニコの歯と舌が首筋の肌を苛《さいな》み始めると、彼女は彼の髪に指を差し入れ、喉の奥をごろごろと鳴らした。

続いてドメニコは彼女の胸の頂を弄び始めた。彼の指は温かく、柔らかく、あっという間にレイの五感はかきたてられた。彼の指が胸の頂をかすめ、親指で一回、二回、三回となぶるように弾《はじ》く。彼女は上体を弓なりに反らし、唇の隙間から淫らな喜びのあえぎ声がもれた。

レイは、もっと欲しかった。彼が与えてくれたあの忘我の淵《ふち》に落ちるような快感をまた味わいたいと切に願った。しかし、しだいに目覚めが近づいてくるのを感じ、閉じたまぶたに力を込めた。できるだけ長く夢の中にいたかったし、暗い部屋と冷たく孤独なベッドで目を覚ましたくなかったからだ。

けれど願いむなしく、彼女の目にはすでに金色の光が入りこんでいた。そして、ドメニコの愛撫《あいぶ》がもたらす快感が頂点に近づいたとき、レイは目を見開き、それが夢でないことに気づいた。

前夜の断片が鮮やかによみがえり、レイは彼と愛し合ったことに気づいた。想像ではなく。

「おはよう《ボンジョルノ》、美しい人《ベリッシマ》」ドメニコは彼女の唇につぶやいた。二人が一緒に暮らしていたとき、彼は毎朝、そう言った。

「夢を見ているのかと思ったわ。そして……目を覚ましたくなかった」

ドメニコは彼女を抱き寄せ、ゆっくりと濃厚なキスをした。「ロンドンにいるときも、きみは僕の夢を見て幾晩も過ごしていたのか？」

「ええ」レイは認め、彼のセクシーな口のまわりを指でなぞった。

彼と別れている間、日中は、ドメニコが自分の思考に入りこんでくるのを、けっして許さなかった。けれど夜の暗い秘密の時間、意識が弛緩《しかん》したとき、自分の思考に何が割りこんでくるか、誰が入ってくるかは制御できなかった。もちろん、それはいつもドメニコだった。人の最も深い欲望があらわになると言われる瞬間、彼はいつもレイのものだった。そんなふうに考えるのは許容範囲内であり、正常でさえあって、時間がたてば彼への憧れは潜在意識の中から消えるに違いない、とレイは自分に言い聞かせていた。

しかし今、レイはドメニコの家で彼と一緒にベッドにいて、彼への思いも相変わらず強いままだった。二人の脚が絡み合うと、彼女の肌はぴりぴりした快感にうずき、彼をもっと密接に感じたくなった。彼への思いが薄れることはもうないのかもしれないと思ったが、今この瞬間にそれを心配する気にはならなかった。心配するのはあとでいい。ずっとあとで。

「きみの夢の中で、僕は何をしていた？」レイの頬が赤らむにつれて、彼の笑みも顔いっぱいに広がっていく。「こんな感じか？」

ドメニコは彼女を引き寄せ、長い指で彼女の髪を梳《す》いた。そしてほっそりした首に顔を押しつけながら、裸身を彼女の体にぴたりとくっつけた。レイがうめき声をあげて彼の硬くて大きな欲望のあかしに向かって下腹部を動かすと、ドメニコはいっきに貫き、彼女を満たした。たちまちレイは快感と興奮の渦にのみこまれ、昨夜と同じく、天国へと導かれていった。

しばらくして、レイはドメニコの胸に頭をのせ、彼の指が背中を撫《な》でるのを感じながら、満ち足りた気持ちに浸っていたとき、彼の携帯電話が鳴った。これまでの経験から、それがドメニコのアシスタントからの電話であることはわかっていた。

「おはよう、ニコ」

ドメニコが深みのある魅力的な声で応答すると、レイは彼のたくましい胸が振動するのを感じ、思わずほほ笑んだ。その声に触発され、毎朝、夫の腕の中で目覚めていたときのことが思い出されたからだ。そんなとき、彼女の心はいつも満たされ、結婚生活に対する不安は薄らいだ。

ところが、ふいにドメニコが体を硬直させ、起き上がってベッドに座ったとき、レイの平穏なひとときは終わりを告げた。彼女も起き上がり、シーツを胸に抱えた。電話の向こうから聞こえる早口のおしゃべりが気になってしかたがない。

「そうなのか？」ドメニコが硬い声で言った。「いや……大丈夫だ」彼は長めの髪をかき上げた。

そのしぐさと背筋のこわばりから、レイは何かよくないことが起きたのだと察した。電話を切ったときに彼がもらした重いため息と悪態は、彼女の予感が的中したことを裏づけた。

ドメニコはベッドから飛び出すと、手近にあったズボンを取ってはき、引き締まった腰に手をあてがい室内をうろつき始めた。彼の中を流れるイタリア人の血は常に沸き立っているが、これほど動揺している姿を見るのは初めてだった。

「ドメニコ、どうしたの？　何があったの？」

けれど、彼はすでにベッドから遠ざかり、窓辺に向かっていた。そして白いカーテンをもどかしげに払いのけ、テラスへと出ていった。

レイはただ困惑して彼の後ろ姿を見つめるしかなかった。わずか三十秒の間に朝の空気は一変し、頭が真っ白になっていたからだ。少し前までなら、ドメニコのあとを急いで追いかけ、彼が動揺している理由を問いただしたいなどと考えもしなかっただろう。しかし、状況は大きく変わった。レイは変わり、ドメニコとの関係も変化していた。昨夜、停滞していた二人の関係をいっきに進展させたことには大きな意味がある。互いをよりよく知り、信頼し合おうとした一連の言動は、直感に従ってドメニコについていくという決断をもたらした。それゆえ、動揺した理由をドメニコが打ち明けてくれるのを期待して、レイは彼のあとを追って外に出た。

ヴェネチアの朝の風景はすばらしかったが、ドメニコの意識にのぼっていたのは、こめかみをずきずきさせる重圧だけだった。アシスタントからの電話は最悪の知らせだった。この取り引きは経営面でも感情面でもきわめて重要で、その成功に彼の価値がかかっていると言っても過言ではなかった。

背後でタイルを踏む足音が聞こえ、ドメニコはため息をついた。「来るな、レイ。頼む」彼がいちばん避けたかったのは、今の自分を彼女に目撃されることだった。もっと心を開く必要があることは理解していたし、障壁の一部を取り払うことができた昨夜の自分を誇りに思っていた。しかし、自分の抱える最も大きな恐怖まで彼女に見せる心構えはまだできていなかった。

「ごめんなさい。無理よ。あなたを放ってはおけない」レイは即答した。

身長百七十センチとドメニコよりはかなり小柄な女性なのに、彼はすぐに彼女の気配を感じた。

「何が起こっているのか、私に話したい？」

まさか。ありえない。ドメニコは暗い顔を彼女のほうに向け、来るなと再び言おうとした。だが、彼女の青い瞳に宿る明るい輝きと長い髪が陽光を浴びて輝くのを見た瞬間、なぜか頑《かたく》なな心の結び目が緩むのを感じ、我ながら驚いたことに口を開いていた。

「今日のロルカとの会合がキャンセルされたんだ。十分前に彼のアシスタントがニコに電話をかけてきた。急用ができて僕に会う時間がないそうで、今夜のパーティで会おうとのことだった」

レイはわずかに眉根を寄せた。「あなたは彼が嘘《うそ》をついていると？」

「ロルカは僕たちを招待したんだ。なのに、直前になってキャンセルするなんておかしい」ドメニコは声を荒らげた。「取り引きを意図的に引き延ばしているとしか思えない」

「なぜそんなことをする必要があるの？」

ドメニコは長い指で黒髪をかきむしった。「わからない。だが、僕の直感が、何かが起こっていると告げている」

ドメニコに注がれるレイのまなざしは穏やかで優しいが、彼を焦がすような熱がこもってもいた。

「ロルカとの取り引きはあなたにとって大きな意味がある。今まであなたがしてきたどんな取り引きよりもずっと」

ドメニコには、レイが必死に考えを巡らせているのがわかった。なんてすばらしい女性だろう。僕は突き放そうとしたのに、彼女はまだ僕に寄り添い、助けようとしている。レイの強さや優しさ、忠誠心は奇跡と言っていい。僕は自分の混乱した感情にとらわれ、幸運にも出会ったすばらしい女性を見過ごしていたのだ。

レイは続けた。「なぜなら、今回の取り引きはラファエロとエレナの夢につながっているから。あなたは二人のために、なんとしてもロルカとの取り引きを成功させたいと思っている。そうでしょう？」

「まさにそのとおりだ」

「でも、本当は違う」レイは彼を挑発した。「ドメニコ、あなたが私を締め出しているとき、あなたが何かを躊躇《ちゅうちょ》しているのが、私にはわかる。それはいったいなんなの？」

今まさに、うずもれていた真実が深層から表層へと浮かび上がってくるのを感じ、ドメニコは拳を固く握りしめた。「僕はエレナとラファエロのために今度の取り引きを成功させたいと思っているが、自分のためでもある。エレナが与えてくれた人生に僕がふさわしい人間になったことを証明するために。エレナが僕を引き取り、彼女の息子であり後継者である地位を僕に与えるのが正しいことを証明するために」

「なぜそんなことを証明する必要があるの？　エレナがあなたの手にリッチ・グループを委ねたのは、あなたを信頼していたからでしょう。あなたを愛していたから、すべてを与えたのよ」

ドメニコの顎がこわばった。「エレナは僕と正式な養子縁組をしなかった。それはつまり、伯母の心の奥底には、僕が彼女のすべてを与えるに値するかどうか、疑念があったからにほかならない」

「ドメニコ、エレナがあなたを養子にしなかった理由はいくつもあるでしょうが、そのどれもがあなたの資質に疑問を抱いていたことを示すものではないと思う」レイは語気を強めた。「あなたにはエレナが信頼を寄せるだけの価値がある。あなたの母親が赤ん坊のあなたを捨てるという選択をしたのは、あなたに問題があるからではなく、彼女のほうに問題があったからよ。まだ赤ん坊だったあなたに落ち度があるはずがないわ」

「だが、もしかしたら――」

「いいえ、あなたは何も悪くない」レイは遮った。

「ドメニコ、私を見て」

彼はレイのほうに顔を向けた。

レイはドメニコに一歩近づき、両手を彼の胸に添えた。「あなたは何も悪くない」諭すような口調で繰り返す。「あなたにはなんの問題もなかった。それに、お母さんがあなたを愛せなかったとしても、あるいは愛さなかったとしても、エレナはあなたを愛した。そのことをあなたが証明する必要はさらさらない。でも、それを信じるためにこの取り引きを成し遂げたいと思っているなら、そうしましょう。キャンセルされた会合のことは忘れて、今夜のパーティでロルカと話し合えばいい。あなたに必要なのは、ロルカがためらっている理由がなんであれ、それを解決するために話し合う数分間だけよ。ドメニコ、私はあなたが十五分以内に契約にこぎつけたのを見たことがある。きっとうまくいく。キャンセルされたおかげで、今日はのんびりと過ごせるわ。この機会を天の恵みと思って、島の休暇を楽しんだらどう?」

「僕はのんびりするのが好きなタイプじゃない」ドメニコはつぶやいた。「わかっているだろう?」

「ええ、知っているわ。だからこそ、そうする必要があるの。あなたは大きなプレッシャーにさらされてきた。休息とストレス解消の時間が必要よ」

レイの指摘は正しいかもしれない、とドメニコは海を見やりながら認めた。彼はいつもより自分を追いこんでいた。それは今回の取り引きのせいもあるが、エレナを失った悲しみや戻ってきたレイへの思いにとらわれるのを避けるためでもあった。一日のんびりとした時間を過ごせば、いつもの現実的な自分を取り戻し、重苦しい緊張から解き放たれるかもしれない。

「よし。この降って湧いた一日をどう過ごすか、きみは何か具体的なアイデアを持っているのか?」

「私たちがいるのは世にも美しい島なのよ。アイデアなんて無数に出てくるに決まってるわ」

レイが入り江に打ち寄せる波のように青い目をくるりとまわしてほほ笑むと、たちまちドメニコの体は熱を帯び、胸に居座っていたわだかまりが溶け始めるのを感じた。二人は一晩中、心躍るセックスを分かち合ったが、それが心から満足のいくものであっただけに、ドメニコはその再現を切望していた。

ドメニコは誘惑に負けて近づき、彼女の体に手を伸ばした。「実はもういくつかアイデアがひらめいたんだ」彼女のウエストの紐《ひも》を緩め、ローブのなめらかな生地の下に指を潜りこませて、温かく柔らかい肌に触れる。「そしてどのアイデアでも、きみは生まれたままの姿でいることを要求される」

寝室から出てきたレイを見るなり、ドメニコは固まった。その日の午後、プライベートビーチでエメラルドグリーンのストラップレス・ビキニを身につけた彼女と遊んだとき以上に美しかった。淡いゴールドのスパンコールのラップドレスは、ストラップが首に向かってカールし、ネックラインは胸のふくらみをほのめかすほど低くくびれている。その姿は彼を燃え上がらせるのに充分だった。信じられないほど美しく、悩ましい。

ドメニコの視線は頭のてっぺんから爪先まで、レイの全身に注がれた。引き締まった脚、セクシーなカーブを描くヒップとスリムなウエスト、豊満な胸。彼の下腹部は即座に反応し、頭はそのときを――彼女の服を剥ぎ取り、あらわになった柔らかな体を堪能するときのことを思い描いた。

「それはきみがデザインしたドレスか？」

レイの頬が赤く染まった。「ええ。実験的なアイデアはうまくいかなかったけれど、全体的には気に入っているの。でも、どうしてわかったの？」

「ここに、きみの手の感触が見えるんだ」ドメニコは布地を指で挟み、それから彼女の顎に触れて、キスができるように顔を持ち上げた。レイの口の味は相変わらずすばらしく、さらにその先に進んでしまう前に、身を引かなくてはならなかった。

「車が待っている。そろそろ出ないと。遅刻は禁物だ」

ロルカの家はドメニコの別荘から近く、曲がりくねった海岸沿いの道を少し走るだけだった。彼は途中の景色を満喫できるほどリラックスしていて、そのことを喜んだ。

気分が好転したのは自分の努力のおかげだと思いたかったが、彼を落ち着かせ、自分は何者で何ができるかを思い出させてくれたのはレイだった。自分のために一日を使うようにという彼女の助言は正しかったし、彼女と一緒に過ごしたからこそ、リラックスできたのだ。それは驚くにはあたらないが、彼を悩ませた。警戒心が緩むにつれて、彼女にどんどん自分をさらけ出していったからだ。彼の最も深く、最も暗い部分を。

レイがドメニコの切実に必要としていた癒やしであることがわかった以上、自分の暗い秘密を分かち合ったことを彼は後悔していなかった。しかし、自分の弱みをレイに知られたことに対しては、忸怩《じくじ》たる思いが湧くのを抑えられなかった。自分の内面がどれほど傷ついているか、誰にも知られたくなかった。感情の弁がこれ以上緩んだら、レイは彼のほとんどすべてを知ることになるだろう。

二人の関係が揺るぎないものであれば、それに耐えられたかもしれないが、今のレイは名ばかりの妻だった。しかしその朝、自分の一部が彼女に心を開きたがっていたことを、ドメニコは自覚していた。前夜に感じたことをもっと感じたかったのだ。分かち合うことで得られる安らぎを。

〝ドメニコ、あなたには彼女が必要よ〟レイが去ったあと、エレナは語気を強めて訴えた。〝レイと別れてはだめ〟

そのとき、ドメニコは〝そんなことはない〟と否定した。なぜなら、自分に背を向けた女性を必要としていると認めるような弱い男にはなりたくなかったからだ。そのため、車を降りてロルカの家まで歩いていく途中、彼はこれ以上レイに心を開くのはやめようと決意した。彼女がそばにいてくれることがうれしく、心強いと思っているにもかかわらず。

なぜなら、レイは数カ月後にはヴェネチアからも僕のもとからも去ってしまうからだ。僕の心の秘密を共有することはもうないだろう。これから二人が分かち合うのは、肉体的な親密さだけだ。

11

レイは藍色の空がきらめく海と融合するあたりをじっと見つめていた。無数の星がきらめき、空気は爽やかで、ドメニコとの牧歌的な一日に続く、すばらしい夜だった。

日中は、海辺のレストランでシーフードの昼食をとり、プライベートビーチで午後のひとときを楽しんだ。それは出会った頃の二人の無邪気な関係を思い起こさせた。

ドメニコと出会う前、レイの人生には空白があった。二人の妹や友人たち、ブライダル・ブティックでの仕事、将来の夢——そうしたものがありながらも、いつも何かが欠けているように感じていた。大切な何かが。それは両親を亡くし、五人家族から三人家族になったことによる空虚感だと思っていた。けれど、ドメニコと出会って、その空白は消えた。突然、すべてがまぶしく、美しく輝いた。レイは再び幸福感に浸り、興奮し、久しく感じたことのなかった希望を抱いた。

今、同じような幸福感に包まれ、レイはこの夕べを楽しんでいた。ドメニコと別れてロンドンに戻って以来、これほど満ち足りた気分になったのは初めてだった。とはいえ、心の底では、それは嘘《うそ》だとわかっていた。レイは自分の将来のことに集中するよう努めていたものの、ドメニコがそばにいないと寂しくてたまらないことに、今日、彼と長く一緒に過ごしたあとで初めて気づいた。

だからといって、どうすればいいかレイにはわからなかった。ドメニコが彼女を幸せにしてくれたとしても、それは一時的なものにすぎない。なぜなら、二人が一緒に過ごす時間には期限があり、その期限を過ぎればレイはロンドンに戻ることになっているからだ。

彼と取り決めた境界線は今やまったく形骸化しているのに？　心の声が問う。そして時間がたつごとに、二人の距離は縮まっているのに？

レイの胸がときめいた。確かにドメニコとの距離はかつてないほど縮まっていた。お互いの弱さをさらけ出したことで、親密さの度合いも違ってきた。けれど、まだ彼に打ち明けていないことが一つあった。母親の死の真相だ。そのことが大きな負担となっていた。ドメニコが包み隠さず秘密を打ち明けてくれただけに、罪悪感は大きかった。彼はどんな質問にも答えてくれ、レイは本当の彼を知り始めているように感じていた。

当初、ドメニコが過去に関する問いに答えてくれれば、自分の気持ちに区切りがついて彼のもとを立ち去ることができる、とレイは考えていた。しかし、夫の告白を聞くうちに、彼女は彼に対してさらに心を開いていった。それは憂慮するべき事態だった。なぜなら、いつか二人の関係は終わりを告げ、そのとき彼女の心が粉々に砕け散る可能性が大きくなるからだ。おそらく、それがドメニコにすべてを打ち明けられない大きな理由に違いなかった。ドメニコがすべてを知れば、彼女は紛れもなく彼のものになってしまうからだ。そしてレイは、二人の間にあるものがなんであれ、この半年間の彼との暮らしを自分が同意した偽りの一時的な復縁以上のものにする心の準備ができていなかった。

「あなたはとても思慮深い人のようだな、シニョーラ・リッチ」

その声に、物思いにふけっていたレイが顔を上げると、主人《ホスト》のサンティアゴ・ロルカがのんびりとした足どりで近づいてきた。到着したときに会ったが、温かく迎えてくれる人というのが第一印象だった。

「このすばらしい眺めに見とれているだけです」レイは嘘をついた。「このお屋敷はすばらしい場所にありますね」

「ここは代々、我が一族が受け継いできた土地なんだ、一時期を除いて」ロルカは湾曲した石壁にもたれて言った。「私の父がまだ若かった頃、一族は困難に直面し、ほとんどすべてを失った。父のためにここを取り戻すことが私の使命となった」

「お父さまはあなたがそれを達成したあと、ここにいらっしゃったのですか？」

「ああ」ロルカはうなずいたあと、顔をしかめて続けた。「だが、残念ながら、ここでの生活を満喫できるほど長くは生きられなかった」

「お気の毒に。さぞかしおつらかったでしょうね」

「確かに。ただ、ここにいると、私はいつも父とつながっている気がするんだ」ロルカは優しい目でレイを見つめた。「今夜は楽しめたかな？」

しばし沈黙が落ち、レイの心臓は早鐘を打ちだした。ドメニコのビジネスに口を挟むなど夢にも思わなかったが、このチャンスを逃す気にはなれず、彼女は例の取り引きの件を持ち出すきっかけをうかがっていた。ドメニコは今朝の混乱状態から立ち直り、自信に満ちた笑顔とカリスマ性で、会う人すべてを魅了していたが、レイには彼が取り引きを成立させることに集中しているのがわかった。もし手助けできる可能性があるのならやってみようと彼女は心に決めていた。そして今が、そのときだった。

「ドメニコとはまだ話をしていないようですが？」

「ああ、残念ながら。なにしろ私はホストだから、忙しくてね」

「それだけが理由ですか？」自分の大胆さに内心あきれながらも、レイは迫った。「ドメニコは心配していました。あなたが今回の取り引きに冷淡になっているのではないかと」

「ちょっと懸念を抱いていることは確かだ」ロルカは少し驚いた様子を見せながら応じた。「私はパートナーシップを結ぶことに関しては常に慎重になる。私の懸念は、あなたのご主人がいささか感情面で不安定になっているように見えることだ」

「伯母が亡くなったからでしょうか？」

「そのとおり。加えて、単刀直入に言わせてもらうが、あなたとの結婚に関する噂《うわさ》も。誤解してもらっては困るが、私生活に関して口を出すつもりはないし、説明を求めているわけでもない。ただ、ドメニコはいつも現実的で冷静だという評判だが、それだけにビジネス以外のナイーブな問題に直面すると感情面で不安定になるのではないかと心配している。そして感情の乱れは判断力に影響することはよく知られている」

一瞬、レイは言葉につまり、シャンパングラスを握る指先に力がこもった。大切な取り引きの成否がかかっているという責任の重さが、ずしりと肩にのしかかっていた。彼女がもし間違ったことを言ったら、取り返しのつかないことになる恐れがある。その一方、もしドメニコの本当の姿をロルカに伝えることができれば、彼を窮地から救えるかもしれない。

「ドメニコはリッチ・グループにとって無謀なことはけっしてしません。彼の私生活がどうあれ」レイは意を決して言った。「リッチ・グループは、彼を育ててくれた伯母、そしてその前は彼女の夫のものでした。その二人が亡くなった今、ドメニコは彼らの遺志を継いで会社を守るのに懸命です。彼にとっては会社がすべてであり、会社の存続を何よりも優先しています。亡き二人のために、二人の夢を叶《かな》えるために、彼はこの取り引きをなんとしても成し遂げたいのです。だから、彼を信頼してもあなたが裏切られることは絶対にありません。なぜなら、彼は亡き両親の夢を実現しようと必死になっているただの息子だからです」

ロルカはゆっくりとうなずいた。「あなたに会えてよかったよ、レイ。あなたのご主人について、以前は知ることができなかったことを知ることができた。きみの奥さんはすてきな人だ、リッチ」

最後の言葉にはっとしてレイが肩越しに振り返ると、ドメニコが近づいてくるのが見えた。淡い色のスーツにオープンネックのシャツという格好で、髪が星明かりに輝いている。

「ええ、僕はすてきな妻を持てた幸運な男です」ドメニコは同意し、彼女の腰に腕をまわした。自分のものだと主張するかのように。

「きみたちの夜の邪魔をしたくないが、時間はあるかな、リッチ?」ロルカが尋ねた。「十五年もののスコッチがあるんだ。十分あれば充分だ」

ドメニコは妻をちらりと見た。「レイ、きみはどうする?」

「私はしばらく、一人で楽しんでいるわ」

ドメニコは彼女の唇に羽のように軽やかなキスをしてから、ロルカと並んで歩きだした。

レイは夫の助けになれたことに喜ぶ一方で、かすかな不安が忍び寄るのを感じながら彼の後ろ姿を見守った。なぜなら、彼のためにこれほど喜ぶのは、レイがまだ彼のことを気にかけているあかしだからだ。必要以上に。

常識外れの茶番劇に同意した際に、彼女が気づいていた以上に。

けれど、ドメニコは流砂のように常に動いている。それを理解するには、最初に出会ったときのことを思い出すだけでいい。彼がレイの心を奪うのに数日しかかからなかった。

だから、彼のこのあとの出方次第では、この喜びが、幸福感が、いつ消えてもおかしくない。そして、私は打ちのめされる……。

募る一方の不安に脈が速くなるのを感じながら、今回は違う、私は信じられないほど強くなった、とレイは自分を落ち着かせようとした。とはいえ、彼女がそのとき感じていた不安は、その変化がもたらしたものだった。

ドメニコとの関係も、レイが彼のもとを逃げ出したときとはまったく別のものに変化している。それは彼女がまったく未知の領域にいることを意味していた。

その日の夜遅く、二人は別荘に戻った。

レイが鏡の前に立ち、繊細なドロップイヤリングを外しているとき、背後からドメニコが近づいてきて、髪をそっと撫《な》でてから脇へ払い、首の敏感な部分に唇を押しつけた。

「ありがとう」ドメニコの息がレイの肌を優しくかすめる。「きみがロルカに何を言ったのかは知らないが」

「私は彼に、私が知っているありのままのあなたについて話しただけ」

「きみが何を言ったにせよ、効果はあった。僕たちは明朝、契約の最終確認をすることになったよ」

幸福感が再び彼女の中にあふれ、胃の中の神経質な部分を刺激したが、レイはほほ笑んだ。「よかった。私もうれしい」

ドメニコがまた首筋にキスをしたとき、レイは知らず知らず口を開いていた。彼の舌に脈打つ部分を軽く押されると、まるで燃えさかる炎を当てられているようで、感情が爆発した。夫の唇は首筋から耳へと炎の線を描き、その手が彼女の腰にまわされると、レイはうっとりと目を閉じた。心臓が通常の百倍の速さで打ち始める。彼女の望みは、彼が紡ぐ光り輝く繭に身を投じることだけだった。その繭の中て永遠に漂っていたかった。

力強い腕の中で振り返ると、ドメニコはゆっくりと頭を下げた。レイははやる気持ちを抑えきれずに爪先立ちになり、自分のほうから彼の唇にキスをした。

それでも、レイの胸の内では理性の声が警告し続けていた。あなたはいったいどこへ行こうとしているの、レイ？

彼女がヴェネチアに戻ってきたのは、なんらかの区切りをつけるためだったが、今の彼女は、ドメニコをより深く理解しようとして、どんどん彼と距離を縮めていた。実際、二人の絆《きずな》はますます強まり、深まっていた。二人で最初に決めた境界線は有名無実のものになっていた。

こんなことで私は自分を守れるの？

「ドメニコ、これは狂気の沙汰よ。またこんなことを始めるなんて」

「もしかしたら……」ドメニコは笑いながら反論した。「これをしないことこそ狂気の沙汰かもしれない。僕たち双方が条件と期限を明確にしている限り、危険はないと思う」

心の中で赤信号が点滅するのを感じたものの、彼の手のしなやかな動きに気を取られ、すぐに忘れ去られた。

「これをやめてほしいか？」ドメニコは彼女の首筋に唇を這《は》わせる合間に尋ねた。

彼が最後まで言い終える前にレイの答えは決まっていた。「いいえ」

たとえこれが狂気の沙汰であったとしても、レイは続行を望んでいた――心の底から。きっと体の欲望を満たすことだけに集中すれば害はないだろうと自分に言い聞かせて。

レイは再び彼の口にキスをし、彼の舌が唇を割って入ってくるのを許した。そして自ら舌を絡め合わせせて飢えと欲求を満たした。ドメニコは巧みな指使いでドレスの留め具を外し、華奢《きゃしゃ》な肩からストラップを腕に沿って滑らせると、口をレイの唇から離して、セクシーな体を眺めまわした。彼の目はアイボリーのレースのランジェリーに釘《くぎ》づけになった。

「きみがこんな下着をつけていることを知らなくてよかったよ。知っていたら、きみから片時も離れることができなかっただろう」そう言ってドメニコはからかうように彼女の脇腹を指で撫《な》で上《あ》げた。

「あなたを私に引きつけておくために、これを身につけたのよ」レイは笑いながら応じた。しかし、ドメニコが彼女を振り向かせると、鏡に映る二人の淫らな姿が目に入り、レイはあえいだ。

夫への欲望が顔全体に浮かぶのを、レイは抑えることができなかった。隠せたときもあったが、今、切望はあまりにも大きく、強すぎて、制御するのは不可能だった。彼女は完全に欲望に屈した。そして、ドメニコもそのことに気づいていると確信していた。

ドメニコは目から邪悪な光を放ちながら、レイの首筋に軽いキスをした。同時に、彼女のショーツに指を滑りこませ、湿った襞《ひだ》を指でなぞると、彼女の口から熱い吐息がもれた。

どこをどう責めれば彼女に歓喜の声をあげさせることができるか、ドメニコは熟知していた。しかし最近、彼の技巧には新たな力が加わっていた。それは彼女の内面の奥深くまで届き、魂を慰撫《いぶ》して、恐怖を忘れさせた。

なぜなら、それこそが人が恋人に求めるもののすべてだったからだ。これ以上のつながりは考えられない。でも、とレイは思った。もしそれが事実なら、私は想像以上に危険な領域にいることになる。二人は半年後には他人になるのだから。

ドメニコのリズミカルで巧みな愛撫《あいぶ》に心を揺さぶられ、美しく拷問のような時間が過ぎていく。レイはたくましい肩に顔をうずめ、今にも絶頂が訪れそうな瀬戸際に追いこまれた。「ドメニコ、もう我慢できない……」

「顔を上げて」彼はかすれた声で命じた。「きみがのぼりつめるところを見たいんだ」

レイはためらった。間違いなく彼は以前にものぼりつめる彼女の姿を見たことがあったはずだ。けれど今、そうした姿を彼に見せたら、これまでとは違い、二人の間にまた別の深いつながりが、きわめて親密でけっして断ち切れないつながりが生まれる気がした。それは彼女にとっていちばん避けたいことだった。

「頼む、目を開けてくれ、レイ。僕に見せてくれ」

そのシルクさながらのなめらかな声に魔法をかけられたかのように、レイはゆっくりと目を開けた。最初に視界に入ったのはドメニコの顔だった。彼は暗くて威圧的な目で、彼女を食い入るように見つめていた。レイは思わず目をそらしたくなったが、できなかった。直後に浮かんだドメニコの破壊的な笑みと、熱い髪の中を行き来する指の威力によって、レイはたちまちのぼりつめ、目の奥で星が爆発し、絶頂の叫びがあたりに響いた。

夫の力強い腕に抱かれながら、レイは地上に舞い戻ったが、まだ完全には満たされていなかった。そのため、彼女は体の向きを変え、両手を彼の後頭部にまわし、顔を引き寄せてキスをした。これはただのセックスよと言い聞かせながら。

レイはそれを証明しようとキスに集中した。ドメニコは上着を脱ごうとしたが、レイは彼の手を押さえた。

「私にさせて」彼女は彼の広い肩から上着を外して床に落とした。そして、彼の胸の輪郭を、筋肉と肋《ろっ》骨《こつ》の固い隆起をなぞった。ドメニコが震えるたびに、自分の女としての力を誇らしく思い、羞恥心が薄れていく。

自分が彼に対して何ができるか、私は今まで気づいたことがあったかしら？

当然のことながら、ドメニコは常にベッドでは支配的なパートナーだったが、突然、レイは悟った。私は彼に対する自分の力を過小評価していたと。

レイは彼のシャツのボタンをゆっくりと一つずつ外していった。彼の飢えが募って呼吸が荒くなっていくのをいとおしく感じながら。すべてのボタンを外し終えると、シャツの前をはだけ、温かな胸に唇を押し当てた。ドメニコが身を硬くして声をあげた。ことに励まされ、レイは固い腹部をキスでたどった。さらに、彼のズボンのウエストまで口を下ろすと、彼は拳を握りしめた。

「レイ……」

警告するような彼の呼びかけを無視して、レイは唇を彼の胸へと戻してキスをしてから、シャツを脱がせた。

レイは再び彼の唇を貪りながら、彼の呼吸が荒くなるまで上半身を隈《くま》なく愛撫したあと、初めて彼の下腹部に手を伸ばした。ベルトを外し、ズボンと下着を引き下ろす。生まれたままの姿になった彼は、硬く張りつめた欲望のあかしを誇らしげに見せつけていた。胸を高鳴らせながらも、見ているだけでは飽き足らず、レイは思いきって手を伸ばして握りしめた。欲望のあかしがさらに硬くなるのを感じるなり、彼女は彼のすべてを征服したいという欲求に駆られた。

ドメニコは何が起こっているのか理解できなかった。レイとのセックスはいつも信じられないほどすばらしかったが、圧倒されたことは一度もなかった。なのに、彼の欲望のあかしを握りしめた彼女の手がゆっくりと上下するにつれ、これまでにない快感を覚え、魅了された。

欲望とか渇望とかいう言葉では言い表せないものが体内で爆発し、ドメニコの頭の中には、五秒以内にレイの手を止めなければ、果ててしまうということしかなかった。

レイの猫のようなほほ笑みから、ドメニコは彼女が次に何をするか容易に読み取ることができた。そこで、レイが次の行動に移る前に、彼女の腰に手をまわして引き寄せ、柔らかな唇に熱を込めてキスをした。それから足首に絡みついていたズボンから足を抜いて歩きだした。

ベッドに着くやいなや、ドメニコは先に倒れこんで彼女を自分の上にのせ、唇を奪った。

つややかな髪とかぐわしい香りと柔らかな体に包まれ、ドメニコはさらに渇望を募らせた。どこに触れても、彼女の口からどれだけ甘露を飲んでも、それだけでは足りなかった。

ドメニコは彼女の背中に手をまわし、ブラジャーのホックを外そうとしたが、あまりの欲望の激しさに指が震えて思うに任せず、結局レイの手を借りた。彼女の手でブラジャーが放り投げられると、ドメニコは一秒も無駄にせず、胸のふくらみを両手で受け止め、口を寄せて交互に舐《な》めた。それはこれまでに何度もしたことだったが、今では同じ行為がより深いものに感じられた。なぜなら、彼が愛しているのはレイの体だけではなく、彼女そのものだったからだ。レイの心、勇気、情熱、そして二人で分かち合ってきたもの。それらは、今夜の彼女の行動によっていっそう明確になった。

彼女の口からもれる満足げなあえぎ声を糧に、ドメニコはその柔肌にキスをし、彼女がもだえるまで薔薇色《ばらいろ》の胸の頂を吸い続けた。レイが彼の上にまたがり、快感の奔流と闘いながら上体を反らしている姿に、彼の口元はほころんだが、それでもまだ充分ではなかった。

ドメニコはさっと体を入れ替え、彼女を組み敷いた。彼女の脚が開かれると、高揚感が全身に広がり、ついに自分の居場所が、我が家を見つけたような気がして、驚きに打たれた。

レイは彼と同じように興奮していて、すでに彼を迎え入れる準備ができていた。ドメニコは自分でも理解できないほどの大きな力に突き動かされ、彼女の中に我が身を突き立てた。一つになった瞬間、彼は自分の中の何かが解き放たれるのを感じた。彼女が何かの啓示を与えてくれたかのように。この瞬間をずっと待ち望んでいた気がした。

ドメニコは動き始め、レイも彼に合わせて動きだす。彼女の体はしなやかで、どこまでも官能的だった。レイは輝く瞳で彼を見つめ、視線が合うなり、彼は目をそらせなくなった。彼女の視線の中にある新たな光に、ドメニコは彼女とのつながりを維持することを強いられている気がした。彼が突き立てるたびに、レイが腰を浮かせるたびに、視線が絡み合い、二人の中で感情の嵐が吹き荒れた。その激しい、予期せぬ感情に、ドメニコは自分の最後の防護壁が崩れていくのを感じた。

彼の下でレイが震え始め、それが彼の体に伝わると、快感の波はさらに大きく、さらに力強くなって彼の中を駆け巡った。そして、ドメニコの人生で初めて、全身が粉々に砕かれるほどの強烈なクライマックスが訪れた。

12

「私たちがどこに向かっているのか、いずれ教えてくれるんでしょう?」レイはほほ笑みながら、謎めいた表情を浮かべているドメニコに尋ねた。

「あと九十秒もすれば、わかるよ」車が止まった瞬間、彼は答えた。

マリーナに到着し、埠頭《ふとう》の端に停泊しているヨットを見て、レイは目を見開いた。そのヨットは全長十五メートル超、四階建てで、暗くなりかけた空を背景にまぶしいほど真っ白な船体を輝かせていた。船長が二人を出迎え、温かな笑顔とシャンパンでもてなしてくれた。そして、これから島を一周すると告げたあと、乗組員に紹介した。

埠頭から離れると、ドメニコはレイを第三デッキへといざなった。そこには、タパスの晩餐《ばんさん》と、キャンドルがともる二人用のテーブルが用意されていた。

「あなたがこんなことをしてくれるなんて信じられない」テーブルにつくなり、レイは叫んだ。

「何か特別なお祝いをしなくてはいけないと思ったんだ」ドメニコはその日の朝、ロルカと二時間にわたって会談し、署名済みの契約書を持って別荘に戻ってきた。「エレナとラファエロがこの場にいてくれたら、どんなによかったか」

「どこにいようと、エレナとラファエロは今日のあなたをとても誇りに思っているでしょう」

「そうであることを願っているよ」ドメニコは残念そうに言った。

彼を思ってレイは胸を痛めた。「あなたはまだ自分を疑っている。すべてを成し遂げた今もなお。まだ何か証明するべきことがあると思っているの?」

「僕はいつもそう感じていた」ドメニコは観念したように認めた。「そしていつも、こうすれば、ああすれば、と考えてきた。そんな強迫観念を消すのに有効な治療法はないと思い始めている」

「治療法はあなたよ、ドメニコ」レイは熱を込めて訴えた。「自分にはそれだけの価値がある、充分な実績を積んできたと信じなければ。自分には何か欠けているとか、価値がないとか、そんな心の声は無視して、エレナはあなたに絶大な信頼を寄せていたと信じるべきよ。さもなければリッチ・グループの舵取《かじと》りをあなたに任せるわけがないと。そして、彼女に心から愛されていたと。私はそのことにこれっぽっちも疑念を持っていない。エレナがあなたをじっと見るたびに、そう思っていた。引き出しの中に彼女の子供として名前が書かれた紙切れが入っていようがいまいが、そんなことは少しも問題ではないと知るべきよ」

ドメニコの眉がつり上がった。そのまなざしには不信感がにじんでいる。レイは、人の居場所と価値は、書類に左右されるものではないことを彼にわからせたかった。

「あなたは間違いなくエレナの息子だった。毎週日曜日の夜、彼女と夕食を共にしたのはあなただった。病院に付き添ったのも、彼女が困ったときに頼ったのもあなただった。誰かに属するというのはそういうことよ。そうした小さな、日常の行為の積み重ねなの。出生証明書じゃないわ」

ドメニコはうなずいたものの、完全に納得したわけではないことを、引き結ばれた唇や目を伏せる様子が物語っていた。

「でも、エレナのことだけじゃないんでしょう？お母さんがあなたを捨てて、エレナが養子にしてくれなかった――それ以外にもあなたは何か抱えているんじゃない？」

ハンサムな顔がゆがんだかと思うと、ドメニコは震える声で話し始めた。

「ロ——母には僕のほかにも子供がいた。彼女がヴェネチアに引っ越してきたのは、結婚して子供が生まれたからだ。母は、僕のときとは打って変わって、子供たちの誕生を祝い、彼女の人生に迎え入れたわけだ。母は連れ子さえも喜んで受け入れた。そして僕を無視し続けた。僕はそのすべてをこの目で見ていた。母が赤ん坊を抱きしめ、安心感を与えるのを見ていた……。そんな光景を見るたびに、母が僕を捨てたのは、僕に何か問題があったからではないのかと自問した。なぜ僕は愛されないのだろうかと」ドメニコはかぶりを振り、母国語で低く呪いの言葉を吐いた。「気にしなければよかったのだろう。僕にはエレナがいて、彼女は僕に名前と家を授けてくれたのだから」

「そのとおりよ」レイは安心させようと彼のこわばった腕に手を添えた。「起きてしまったことで傷つくのはしかたがない。誰だってそうよ」

彼がどれだけ傷ついたかを思い、レイは胸を締めつけられた。実の母親を遠くから眺め、そのたびに傷口は広がっていったに違いない。

「母がまっすぐ僕を見つめていたあの日、僕は教訓として学ぶべきだった。なのに、僕は懲りもせずに母に会おうと家を訪ねたんだ」

レイは息をのんだ。「何があったの？」

「もう想像がつくんじゃないか？」

彼女はうなずいた。「でも、私に話せば、そのことを忘れることができるかもしれない」

「ドアをノックすると、年配の夫婦が出てきた。母の両親、つまり僕の祖父母だ。会うのは初めてだったが、彼らは僕が誰かすぐにわかったようだ。僕が自己紹介をすると、二人とも蔑むような表情を浮かべた。母に会いたいと言ったが、彼らは拒否した。

〝私たちの娘はきみの母親ではないし、彼女はきみと関わりたくないと思う。エレナが名前を授けたとしても、きみは雑種にすぎず、私たちにとっては何者でもないし、きみとはいっさい関わりたくない〟と。そして、帰れ、二度と顔を見せるな、と怒鳴り、僕の鼻先でぴしゃりとドアを閉めた」

レイは小さく首を左右に振った。ドメニコを愛し、気にかけてくれるはずの人たちから、こんな残酷な仕打ちを受けるなんて……。

「だが、もっとひどい悪夢が待っていた。あとずさりしながら家を見上げると、窓から母が見ていた。彼女は僕が訪ねてきたことを知っていて、祖父母とのやり取りをすべて聞いていたのに、何もしなかった。母は背を向ける前に、僕をもう一度だけちらりと見た。まるで見知らぬ他人のように」彼はおもしろくもなさそうにほほ笑んだ。「人に話したのはこれが初めてだ」

「彼らを擁護するつもりはさらさらないけれど、あなたのお母さんについて、これだけは言わせて。あなたのお母さんは若くしてあなたを産んだ。両親の協力が得られなければ、子育ては簡単ではないはず。だから、エレナの家の玄関にあなたを置いていったとき、お母さんはあなたの面倒を熱心に見てくれる人に預けるのがいちばんだとわかっていたのかもしれない」その表情から、ドメニコが話を聞いていることがわかった。「そして、あなたと再会したとき、もしかしたら……」

「もしかしたら、彼女も開けたくない箱の中に僕のことを封じこめていたのかもしれない」

「でも、私が確実に知っていることは、ドメニコ、あなたの祖父母は間違っているということ。あなたが〝何者でもない〟なんてことは絶対にない。あなたはすばらしい人よ。知的で、寛大で、親切。エレナが必要としたときに、あなたは見事に応えた。あなたは成人してから毎日、エレナとラファエロに尽くし、亡くなってからは彼らの遺志を尊重してきた。すばらしいとしか言いようがない」

「妙なことだな、僕を置いて出ていった妻が僕のこれまでの人生を絶賛するなんて」ドメニコの横顔には傷ついた表情が浮かんでいたが、それを抑えようとする努力が見て取れた。

レイは初めて、結婚生活に終止符を打つという自分の性急な決断がもたらした結果を目の当たりにした。その決断がいかに彼の心を切り裂き、古傷の痛みをよみがえらせ、新たな傷を負わせたかを。そして今、レイは、その決断をもたらしたもの——母親の死の真実を、もはや隠し通せないことに気づいた。ドメニコが自分の魂を丸裸にするという重大な一歩を踏み出したからには、同じ一歩を踏み出す勇気を振り絞らなければならなかった。そうして初めて、二人はすべてを分かち合えるのだ。

「ドメニコ、私がヴェネチアを去ったのは、あなたに不満があったからというだけじゃないの」レイは切りだした。「私が去った最大の原因は私自身なの。怖かったから」

「怖かった？」ドメニコは彼女の告白の意味を理解しようと努めながら繰り返した。「何が？」

レイは青ざめ、下唇を歯でこすった。「母のようになることが」

ドメニコは困惑して顔をしかめた。「説明してくれ」優しく促す。

彼女は小さく息をつき、わずかに視線をそらしたが、その目に涙がにじんでいるのをドメニコは見逃さなかった。「父を人生の中心に置いてきた母は、父の死後、もぬけの殻になってしまった。日がたつごとにどんどん落ちこんでいって……」

「お母さんはたしか肺炎で亡くなったんじゃなかっ

たか?」

レイはぎこちなくうなずき、ほんの一瞬、彼の目を見た。「ええ。コートを着ないで外出して嵐に巻きこまれ、寒さにやられて入院したの。外に出るべきじゃなかったのよ……」彼女の声は沈み、言いよどんだ。「かなり弱っていたのだから。父が亡くなったあと、母はろくに食べず、ほとんど眠らなかった。当然のことながら体重は減り、幽霊のように痩せ細っていった」

ドメニコは彼女に身を寄せて慰めようとした。震えているのに気づき、ジャケットを脱いでレイの肩にかける。

「ひどくつらかった、母が衰弱していくのを見るのは。なのに、私は何もできなかった。ヴェネチアでの生活がどれほど空虚かに気づいたとき、自分にも母と同じことが起こるのではないかと恐れた。それだけは絶対に避けたかった。マギーとイモージェンにまた同じ苦しみを味わわせるわけにはいかなかったから」

震えているレイをドメニコは腕の中に引きこみ、ひしと抱きしめた。レイの悲しみと苦悩は、両親が亡くしたという単純な喪失感だけではなく、母親が衰弱するさまを目の当たりにしながら何もできなかったという無力感から来ていることを知り、ドメニコは胸が痛くなった。そして、その瞬間までそのことを知らなかった自分を、レイが自分の苦悩を夫に打ち明けられないような環境を結果的につくりだした自分を、彼は憎んだ。痛みを一人で抱えてもいいことなど何もないことはわかっていたが、隠し事を探り出して妻を楽にしてやろうとするのが夫の役割だとは考えたこともなかった。妻としての地位を法的に保証すること、贅沢《ぜいたく》な暮らしを送らせてやること――それらが夫の務めだと信じていた。だが、レイが望んでいたのは、妻が根深い恐怖と闘っていることを察知できる気配りに長《た》けた夫、妻の話に耳を傾け、悩みも喜びも分かち合える夫、妻のニーズを探り、それを満たそうとする夫だったのだ。ドメニコは今、なぜレイが彼のもとを去ったのか、なぜそれが唯一の選択肢だったのか、理解した。なぜ彼女は結婚生活に未来を見いだせなかったのか。

なのに、レイが自分の暗い秘密を打ち明けるほど信頼してくれていることに、ドメニコは信じられない思いがした。彼はどうにかして、かつて二人を結びつけていた絆《きずな》を取り戻したかった。同時に、もっと早く彼女の真実を知っていればと思うと、後悔に胸が張り裂けそうになった。二人の関係について体のつながりに焦点を置くのではなく、内面的なつながりを求めてお互いをさらけ出していたら……。エレナに促されるがまま、レイが去ったあとすぐにロンドンまで追いかけていれば……。

くそっ《ディオス》、僕はあまりに愚かだった。もう愛していないから、レイは僕を捨てたのだと結論づけたのはあまりに安易だった。過去の亡霊に憑《つ》かれ、煙のように立ちこめる暗い考えに毒されるのはあまりに簡単だった。ロンドンまで追っていっても、玄関先で追い払われるだけだと思いこんでいた。

そして今、彼女がいまだに苦しみを抱えている理由が自分にあることをドメニコは知った。

レイは正しかった。僕は頭の中の醜い考えを打ち壊す必要がある。心の中で真実だと知っていることに目を向け、それを信じる必要がある。さもなければ、同じ理由で何度もつまずく羽目になるだろう。

ドメニコはレイをぎゅっと抱きしめ、彼女の頭頂部に鼻を押し当て、なじみ深い髪の香りを吸いこんだ。すると、レイはわずかに離れ、両手をたくましい胸に押し当てて彼を見上げた。

「今ならわかるでしょうが、あなたのもとを去るのは、あなたと同じくらい、私もつらかった。私がいなくなってあなたがどう思うか、もし知っていたら……」レイは温かな手のひらでドメニコの顔を包みこんだ。「あなたは愛されてしかるべき人よ、ドメニコ」彼女はささやき、夜空にまたたく星の光をその目に集めて、彼を見つめた。

その瞬間、ドメニコにできたのはキスをすることだけだった。喜びと情熱と、そして許しのキス。だが、後悔と悲しみもあった。どんなに望んでも、過去の出来事、多くの過ち、多くの傷を消すことはできないからだ。

それでも、ドメニコの脳裏には一つの希望が刻まれていた。レイが彼を愛し続けるのをやめなかったという希望が。そして、そのことが彼を久しぶりに満ち足りた気持ちにさせていた。

13

レイは衝撃と共に眠りから覚めた。

肌はべとつき、心臓は早鐘を打ち、熱く病的なパニックが血管を駆け巡っていた。じっと横たわり、夢の脅威が薄れて、呼吸が落ち着くのを待つ。いずれ恐怖による鼓動は小さくなり、手足のこわばりも解けていくはずだ。

ほどなくレイは上掛けを払いのけ、ドメニコがまだ眠っているのを確かめてから、抱擁を解いてベッドを出た。そのまま静かに部屋を出て階段を下り、朝の爽やかな外気へと足を踏み出す。

穏やかな波音を聞きながら馬蹄形《ばていけい》のプライベートビーチを横切り、砂浜に腰を下ろすと、膝を抱えてその上に顎をのせた。

　意識はおのずと夢へと戻っていく。ただの夢ではない。悪夢だ。以前にも何度か見たことがあるが、ここ数カ月は見ていなかった。その悪夢の中でレイは途方に暮れ、何かつかめるものはないかと探しまわったが、何もない。ただ黒々とした闇が迫ってくるばかりだった。その闇は信じられないほど濃く、威圧的で、彼女の悲鳴をのみこんでいった。目を覚ましたのはそのときだった。いつもと同じく。

　レイは膝を思いきり引き寄せ、震える息を吸いこんだ。新たなパニックの波が押し寄せるのを感じる。なぜなら、その夢の内容も、なぜまたその夢を見たのかも、正確に知っていたからだ。

　昨夜のせい。あの感情的で、すべてが変わった数時間のせいだ。

　何もかも。

　ドメニコとはかつてないほど親密になった。これまでレイがほかの人に一度も感じたことのないほど、絶対にありえないほどに。

　今や二人の間に立ちはだかるものは何もなかった。二人を引き離すものも、引き止めるものもない。ただ心を開き合った二人がいるだけだ。二人は一緒に、彼らの間に立ちはだかった最後の壁を取り払った。お互いそれまで以上に正直になろうと、自分の心のすべてを相手に知ってもらおうと決心したのだ。二人が同時に同じ場所にいること、二人とも勇気と意欲に満ちていること、それらはレイには信じられないほど美しく、そして切なく思えた。

　彼女が望んでいたのは、二人が同じ本のページを読むように、同じものを見て人生を歩むことだった。

　ドメニコが彼の新たな一面を明かすたびに、レイの彼に対する愛は深くなった。なぜなら、ドメニコがすべてをさらけ出すことで、彼がいかに強く、決断力があり、気高い人物であるかを知ることができたからだ。

レイはいつも、彼の強さに、そして自分に課されたものをすべて背負う能力に畏敬の念を抱いていた。そして、拒絶され、見捨てられ、心を破壊され、それでもなおくじけない彼の強さを知ると、レイはいっそう魅了され、彼への愛はますます大きくなった。しかし、それは彼女の恐怖がより大きくなったことを意味した。

なぜなら、レイがドメニコに感じていた愛、激しく情熱的な献身はあまりにも深く、彼女を消耗させていたからだ。それはすさまじい力を持ち、まったく恐ろしいもので、レイが耐えられるかどうか確信の持てないリスクだった。

レイはそのあとの惨状を知りすぎていた。闇――夢の中で彼女を追いかけ、のみこみ、窒息させる闇。美しく強かった母がその餌食になったように、レイもそうなる恐怖に怯《おび》えていた。そして、母が父を愛したように、ドメニコを愛してしまったレイは、その恐怖に来る日も来る日もつきまとわれていた。もし彼を失ったら、どう対処すればいいの？　本当に対処できるだろうか？

そんな疑問がふくらむにつれ、彼女の胃の中には空洞ができ、強い恐怖で満たされていった。そして彼女がしたかったこと――それはただ逃げることだった。愛という感情から、速くへ、遠くへと。

レイは母を愛していたが、その人生を継ぎたくはなかった。愛する人が苦しむ姿を妹たちに見せたくなかった。愛はあまりにも強力で、それ自体が大きな力を持っている。激しく、鮮烈で、背筋がぞくぞくする。ドメニコとの間にも、いつもそれは存在した。二人の愛は、一瞬にして燃え上がる情熱の炎の中で育まれたものであり、この数日間のうちに二人が互いに心を開いたことによって、その愛は大きく育った。

まさにレイがかつて彼に望んでいたもの——魂に根差し、けっして揺らぐことのない永遠の絆《きずな》が、現実のものとなったのだ。しかしそのときは、そうした絆がもたらす結果を充分に理解していなかった。その絆が持つ力に支配される恐ろしさを。けれど今の彼女は、その結果が破滅的なものになる可能性があることを知っていて、ひどく恐れていた。

レイは四六時中、恐怖につきまとわれる生活など送りたくなかった。そこの角を曲がったら何が待ち受けているかわからないと思ってびくびくするような暮らしはしたくなかった。前回もひどくつらい思いをしたので、彼女は自分を強くするために、人生を充実させるために、母親の二の舞を演じないために、あらゆる努力をしたが、それでも充分ではなかった。ドメニコの魅力と力に対抗できるものは何一つ身につけておらず、彼女は今なお傷つきやすく、恐れを抱いていた。

私は弱すぎる。怖くてたまらない。ビーチを歩いてくるドメニコの姿を認めたときも、レイはそう感じたし、ヴェネチアに帰る飛行機の中で、ノートパソコンに向かって身をかがめていた彼がときおり顔を上げてほほ笑んだときも、空港に着いて彼がリッチ・グループのオフィスに向かう前に別れのキスをしたときも、そう感じた。そして、彼女はパラッツォ・リッチに戻った。

夫を見つめるたびに、耐えがたい試練をいくつも乗り越えてきた彼に、レイは強い愛の波動を感じると同時に、大きな恐怖に脅かされた。

空港でドメニコと別れ、少し自分の時間を持てたことは救いとなった。けれど、パラッツォに戻ると落ち着きを失い、ちょっとした仕事にも落ち着いて取り組めなくなった。そのため、午後の半ば、ネルからテレビ電話の着信があったとき、レイは気晴らしになる会話を求めて応答した。

「とてもすばらしいニュースがあるの」ネルは挨拶もそこそこに、ニューヨーク最大の世界的なブライダル・ブティックのオーナーとの商談について説明を始めた。

ネルが話し終えると、レイは信じられないとばかりに目をむいた。「私のドレスを仕入れたいですって？ 私のデザインはまだスケッチ段階なのに？」

ネルは画面越しにレイを見つめた。「あなたの名前が、ブライダル・デザイン界で最もホットな新人として取り沙汰されている影響でしょうね。レイ、彼らはただあなたのドレスを仕入れたがっているだけでなく、あなたのデザインを独占して、花嫁があなたと一緒に衣装を考えるサービスを提供したいと言っているの。それって、自分のブティックを持つのも同然よ」

呆《ほう》けたような笑い声がもれ、レイは慌てて両手を口にあてがった。「信じられない。なんてことかしら。ああ……言葉が出てこない」

「これは大きなチャンスよ、レイ。私だって信じられない。でも、あなたの最近の仕事ぶりを見れば、こうなるのも当然かもしれない。それで、しばらくニューヨークで暮らすというのはどう？」

レイは返事をしようと口を開いたものの、またも言葉を失った。私がニューヨークに？

ニューヨーク――そこは、いつも熱狂的で圧倒されるような場所に思え、必ずしも憧れの街ではなく、レイの心の中で大きな位置を占めたことはなかった。彼女の心の中心にいるのはドメニコだった。その彼の人生はヴェネチアにある。もしニューヨークに行ったら、彼と一緒にいられなくなる。それは心が凍りつくような事実だった。

ニューヨークで仕事ができる――その幸運はレイに興奮をもたらしてしかるべきなのに、そうはならなかった。ドメニコのいない場所で仕事をすることに、どうして興奮を覚えることができるだろう。

「わからないわ」レイは返事が遅れたことに気づき、緊張した面持ちでうつろな笑い声をたてた。「びっくりしすぎて、話をのみこむのが大変で……」

「もちろん、そうでしょう」ネルは思いやるようにうなずいた。「あなたにとっては大きな変化だもの。でも、年が明けるまではニューヨークに来るよう求められることはないでしょうから、すぐに何か起こることはないと思う。あなたとドメニコには、この件について考える時間がたっぷりあるはず」安心させるように言う。「でも、もし興味があるなら、連絡をちょうだい。オーナーは今週中にも一度あなたに会いたいそうよ。だから、ぜひ考えてみて。レイ、あなたにとっては本当にすばらしいチャンスよ」

「ええ……確かに」レイは喉のつかえをのみ下しながら言った。「あとで必ず連絡するわ」

通話を切り、レイは携帯電話をデスクの上に置いた。

ネルが言ったように、すばらしいオファーだ。一生に一度のチャンスかもしれない。そして、私が望めば手に入るのだ。成功と安全が。最悪の事態が起きても、私を支えてくれるものが。

そうなれば、もう奈落の底に落ちる心配はなくなる。だから、レイは興奮し、大喜びしてもよかった。一カ月前なら、このオファーに飛びついたに違いないが、今はドメニコのことも考えなければならなかった。

二人はついに、レイがずっと望んでいた場所にたどり着いた。そして今、二人はやり直せるかどうかの瀬戸際に立たされていて、レイの中の一部はまさに復縁を望んでいた。彼と人生を共にしたい。彼と一緒に家庭を築きたい。彼の成功を分かち合いたい。彼が苦労しているときは必ずそばにいて、彼の成功を分かち合いたい。彼と一緒なら、すべてがもっとすばらしくなる。昨夜、彼女は二人で築く人生の未来図を思い描きながら眠りに就いた。

今度こそ二人の結婚はうまくいくとレイは心から信じていた。二人はいちじるしく成長し、大小さまざまな面で変化が生じたのだから、結婚生活とキャリアを両立させながら二人の人生をすばらしいものにできる、と。

とはいえ、もしレイがニューヨークに行ったら、二人の間のすべてが断ち切られてしまう。可能性も、希望も、二人がつくりあげた絆も。

その半面、彼を失う恐怖に怯えながら生きる必要はなくなる。そして、自分は強く、安全で、成功したと感じることができるだろう。

その可能性に誘惑されかけ、心臓が何度か大きく打った。

でも、ドメニコがいなければ、今の私もいないし、自分の人生を半分しか生きていなかっただろう。

そのとき、目の端で何かが動いたのに気づき、レイが顔を上げると、ドア口に立つドメニコの姿が鏡に映っていた。

しばし彼女は凍りつき、胸の奥に恐怖が湧き上がるのを感じた。そして、表情を読み取ろうとドメニコを凝視し、胸をつかれた。自分はまた見捨てられるのだと思いこんでいるかのように、彼の目が真夜中のように暗くなっていたからだ。

古傷がまたぱっくりと開いてしまったの？

レイはさっと振り返った。「いつからそこに立っていたの？」

ドメニコは身じろぎもしなかった。彼の沈黙がレイの神経をかきむしった。

「だいぶ前からだ」彼はぶっきらぼうに答えた。

レイは息をのんだ。「ネルとの会話を全部聞いたの？」

「ほとんどは」

パニックに襲われ、声を出すのが難しかったが、レイはなんとか話し始めた。ゆっくりとした足どりで夫に近づきながら。「だったら、私がネルになんの約束もしなかったことも知っているはず。あなたと話さなければ、私は何一つ決断しない」

「ネルは、仕事は年が明けるまでは始まらないと言ったが、僕たちの取り決めはクリスマス前に終わるんだ、レイ。それ以降、きみが何をするにしても僕の同意は必要ない」

ドメニコの言葉に唖然《あぜん》とし、レイは目をしばたたいた。なぜそんなことを言うのだろう？　まるで私の将来は彼にとってどうでもよく、興味さえないかのように？　昨夜二人がすべてを分かち合ったあとだけに、意味がわからない。二人が互いにすべてを捧《ささ》げ合《あ》い、未来への扉が開かれたあとでは。

「確かにそのとおりだけれど、私はあなたの同意が欲しい」レイは眉間にしわを寄せ、慎重に言葉を選びながら言った。「あなたと話したいと思っている。今の私の立場や、私の、そしてあなたの気持ちを確認するために」私があなたを愛しているのと同じように、あなたも私を愛しているかどうかを知るために。レイは胸の内でつけ加えた。私があなたの妻であり続けることをあなたが望んでいることを確かめるために。私たちの関係が今度こそうまくいくと信じてくれていること、私たちが以前の私たちよりも強く、成長しているとあなたが信じてくれていることを知るために。

レイを見つめ返すドメニコの目は、彼女が過去七十二時間ですべてを知った男性のものではなかった。昨夜、彼がレイの中でゆっくりと動き、人生最高の肉体的な結びつきで二人の感情的な結びつきを封印したときに彼女を見つめていた目でも、絶頂を迎えたあとで二人が顔を合わせたとき、彼女の髪を優しく撫《な》でた男性の目でもなかった。

「ネルの申し出を受け入れて、きみはニューヨークに行くべきだと思う」ドメニコはわずかなためらいも見せずに言った。

レイはただ彼を見つめ返すしかなかった。私は彼の心を読み違えたのだと確信しながら。

ドメニコは、その言葉を口にしたら自分が壊れてしまうと思った。無理に口から出せば、粉々に砕け散るか、少なくとも稲妻に打たれたような打撃を被るだろうと。紛れもなく、とんでもない嘘《うそ》だったから。だが、その言葉が勢いよく唇からあふれ出したとたん、彼はつかの間の安堵《あんど》を覚えた。最も困難だと考えていたことが終わったと悟ったがゆえに。

彼はその道を歩み始めたのだ。そして進み続けなければならない。なぜなら、レイに借りがあったからだ。彼女が夢を最後まで追いかけて成功と幸福をつかむ自由を奪ったという負い目が。結局のところ、それこそが、彼女が何よりも望んでいたこと、必要としていたことなのだ。それを実現するチャンスが目の前にあるのに、放棄させるなど、ドメニコにはとうていできなかった。すでにあまりにも多くの点で彼女を失望させてきたのだから。

その日はほとんどずっと、ドメニコはそのことばかり考えていた。彼は深い罪悪感に苛《さいな》まれつつ、自分の過ちは大きすぎて、償えないのではないかと考えていた。また、二人の過去が共に望んでいる明るい未来への道を阻むのではないかと。

しかしその朝、目が覚めてあることに気づくや、暗澹《あんたん》たる思いと不安が消えていき、代わりに、これまでにない解放感を覚えた。そして彼のすべての考え、すべての意図は、レイのためにあった。

ドメニコは彼女を愛していた――ずっと。ただ単に、自分の思考の暗闇で迷子になり、気づけなかっただけなのだ。

エレナは正しかった。ドメニコは改めて思った。レイは僕にとって唯一無二の存在だった。彼女は僕を最高の男にしてくれた。僕を癒やしてくれた。ずっとそばにいて、大丈夫だと言い続け、僕は自分で恐れているような人間ではないと請け合ってくれた。彼女のおかげで、僕はようやく自分のつらい過去と向き合う強さを見つけ、本来あるべき自分に戻れたのだ。

レイのおかげで、僕はようやく、愛とは、声高に主張したり黙々と受け入れたりするものでも、一朝一夕で成るものでもないと理解できた。それは毎日の積み重ねによって得られるもの、感じられるものなのだ。そして、エレナの正式な養子であろうとなかろうと、それこそが伯母が僕を愛した方法だった。同じように、レイもまた僕を愛してくれた。

心身共に美しく、魅力的で、信じられないほど非の打ちどころのないレイ。

だからこそドメニコは、彼女にニューヨークへ行くよう勧めなければならなかった。そうするのがレイにとっては当然のことなのだから。なのに、とても寛大で、自分よりも他人を優先することに慣れていた彼女は、ためらった。

ドメニコはレイとネルとのやり取りから、ニューヨークに移り住むことに対するレイの不安を聞き取り、彼女が断腸の思いでその申し出を断ろうとしていることに気づいた。そして彼は、彼女に断らせたくなかった。

レイはすでにドメニコのために多くの犠牲を払ってきた。ヴェネチアで彼と一緒に暮らすために、仕事をはじめロンドンで慣れ親しんでいたものをすべて放棄した。当時、ドメニコはそのことに思い至らず、少しも感謝していなかった。だが、今は違う。なのにレイは、彼を動揺させないよう、自分の欲求を抑えようとしている。

再び彼女の邪魔をするなど、ドメニコにはできなかった。

どんなに彼女を強く抱きしめたくても、レイをずっと自分のそばに置いておきたくても、彼女を引き止めるようなまねは二度とするものか。

「ごめんなさい、あなたの声がちゃんと聞こえなかったみたい」彼女は申し訳なさそうに応じた。

自分の話を彼女がしっかり聞いていたことをドメニコは知っていたが、レイの青い瞳に宿る痛みと、自分の胸に宿る痛みを無視しなくてはならない、と自分に言い聞かせた。

ドメニコはもう一度言った。「ニューヨークでの仕事を引き受けたほうがいいと言ったんだ」

レイは戸惑い、目をぎらつかせて、信じられないといった表情を浮かべた。「どうしてそんなことを言うの？」

「きみが僕に意見を求めたから、応じたまでだ。僕は、きみはニューヨークに行くべきだと思う。せっかくの最高のチャンスを逃してはだめだ」

「でも、もしオファーを受けたら、私はニューヨークに住むことになるのよ、ドメニコ。たぶん永久に。そして、あなたと一緒にいられなくなる」

ドメニコは頑《かたく》なに自分の感情を抑えていた。さもないと、本音がこぼれてしまう恐れがあったからだ。それだけは絶対に避けたかった。だから、彼女のいない空虚な風景に思いを馳《は》せるのは禁物だった。僕は彼女を手放さなければならない。それが僕にどんな影響を及ぼすにせよ、そうするしかないのだ。

ドメニコは無造作にうなずいた。「だが、しかたがない。どのみち新年は一緒に迎えられないんだ。その頃には離婚しているから。きみも承知しているはずだ」彼の声は平板で冷たく、まるで見知らぬ人に話しているようだった。「僕たちの取り決めは半年しか続かないんだ、レイ」

「私たちの取り決め？」レイは叫んだ。「ドメニコ、ここ数日間のうちに起こったことは、私が同意したばかげた茶番劇とはかけ離れていたわ！　私たちが分かち合ったこと、昨夜話したことは、すべてが真実だった。あれがなんの意味も持たず、私たちの間になんの変化ももたらさなかっただなんて、私には言えないし、絶対に認めない」

「そのことは否定しない」ドメニコはあっさり同意した。「昨夜は多くのことが変わった。僕たちは以前よりずっと互いを理解し合えたと思う。だが、たった一夜で、いったん壊れた夫婦関係が修復されるわけではない、大切な人《テソーロ》。昨夜明らかになったことがあるとすれば、僕たち二人が恋愛に求めているもの、必要としているものが違うということ、相手から得ることのできないものがあるということだ」

レイは憤慨して首を左右に激しく振り、頬を紅潮させた。ドメニコは手を伸ばして彼女の頬に触れたいという衝動に駆られた。シルクのような肌の感触を味わいたかった。

「いいえ、嘘をつかないで。そんなことないわ」レイはささやき声で反論した。「信じられない」

「本心でないことを僕が口にしたためしがあったか、レイ」彼は穏やかに諭した。

「あなたが言いたいのはそれだけ？」レイは精いっぱい冷静に言い返した。「あなたは、この状況から、私たちから去って、幸せでいられるの？」

ドメニコは彼女に触れないようポケットに手を突っこんだ。ため息をついてレイと向き合う。「〝私たち〟というものは存在しないんだ、レイ。僕たちの結婚はずっと前に消えてなくなった。これはただ……永久にドアを閉めるための手段なんだ」

その瞬間、レイは胸を引き裂かれた。ドメニコの露悪的で残酷な言葉が彼女の心と闘志にひびを入れた。彼女の目と頬が色あせ、内面が裂け始めるのを見て、彼女のもとに行って抱きしめたかった。しかし、彼はぐっとこらえた。彼女の幸せがかかっているときに、決意を覆すという選択肢はなかった。

「あなたの言うとおりよ」レイは彼から目をそらし、胸に手を当てた。「申し訳ないけれど、ちょっと一人になりたいの。ネルに電話をかけて、ニューヨーク行きの手配をしなければ」

ドメニコはうなずき、彼女に背を向けて、静かに息を吸いこんだ。彼は望んでいたことを成し遂げた。しかし、そこに勝利の感覚はなく、ただ惨めさだけがあった。

14

ニューヨーク行きの便の搭乗がまもなく始まるので、レイは携帯電話をバッグの中にしまった。十時間後にはマンハッタンで今後の計画を練っているはずだ。ドメニコとは関係ない未来の。

胸をはじめ、至るところに痛みを感じたが、彼から離れることが最善なのだと自分に言い聞かせ、痛みを和らげようと試みた。彼から離れられれば、安全を確保し、不死身になるための大きな一歩を踏み出すことができるのだ。

結局、ドメニコは私を必要としなかった……。

〝私たち〟というものは存在しないんだ、レイ。僕たちの結婚はずっと前に消えてなくなった。これはただ……永久にドアを閉めるための手段なんだ――

その言葉の記憶は、最初のときと同じように冷たく鋭く、レイの胸に深く刻みこまれた。その言葉によって、ドメニコは自分の立ち位置を明確にしたのだ。

本当にそう思うの、レイ？　心の声が問う。ドメニコがあなたを大切に思っていないと？　彼の腕の中で感じたこと、彼の瞳の中に見たものは、すべて嘘《うそ》だったと思う？　それとも、すべてが現実味を帯びてきて怖くなったから、彼が提案した逃げ道を受け入れたのかしら？

レイはその声を払いのけようとしたが、なかなか頭から離れず、真偽を吟味したすえに、どんな動機で自分が行動を起こしたか、しぶしぶ認めざるをえなくなった。あのとき、私は恐怖を感じていた。その後の数年間の人生を決める岐路に立っているとわかったからだ。こんなにも早く訪れるとは思わなかった岐路に。そして、本当はドメニコを選びたかった……。

だったら、なぜそうしなかったの？　どうして彼の言葉に抗《あらが》い、どれだけ彼を愛しているか、どれだけ一緒にいたいか、訴えなかったの？

なぜなら、レイの喉を野球ボール大の塊がふさいだからだ。

恐怖のせいだ。心臓が破裂しそうな危険と、体の隅々で爆発する痛みに直面したとき、戦わないほうが楽に思えたからだ。ドメニコの拒絶を受け入れ、すべてを手放すほうが楽だったからだ。

もうけっして臆病者にはならないと誓ったのに？

レイは息を吐き出した。心の奥底で燃え上がる自分へのいらだちで胸が張り裂けそうになる。彼女は恐怖に屈し、恐怖に突き動かされていた。このまま進み続け、飛行機に乗っても、恐怖に背中を押されてまだ走り続けているに違いない。彼女が心から望んでいるものではなく、恐怖から逃れるために無理やり選んだものに向かって。

次の瞬間、レイは自分が何をすべきか悟った。戻らなければならなかった。ドメニコに自分の気持ちを正確に伝えなければならない。それは彼に弱みを握られる最後の行為であり、おそらく最も難しい行為だった。それでも、しなければならなかった。私の恐怖が完全に消えることはない。愛には常に恐怖がつきまとう。けれど、立ち向かえば、恐怖は縮小し、私を支配する力は弱まるに違いない。ドメニコの手に心を預けることで、彼もまた安心して私の手に心を預けることができるはずだ。

なぜなら、私は強く、勇敢だからだ。必要なときにそれを思い出せるとは限らないが、それこそが私なのだ。今こそ、強く、勇敢であらねばならない。行動を起こすときだ。

頭上のスピーカーから、搭乗案内が流れだした。たが、レイはすでに立ち上がり、搭乗口とは反対方向に急いでいた。

願わくは、愛に向かって。

会議が終わり、ドメニコはほっとした。

レイのことを考えるのに忙しく、少しも集中できなかったからだ。彼女は今どこで何をしているのだろう？　僕が彼女を恋しがっているのと同じように、彼女も僕を恋しがっているだろうか？　最後の会話を考えれば、その可能性はほとんどない。

ドメニコはレイを手放さなければならず、それ以外の選択肢は思いつかなかった。

長テーブルの端の椅子から立ち上がった。彼は午後に行われるテレビ会議が始まる前に、考えを整理する必要があった。目の前のビジネスに集中するために。だが、それは困難を極めた。

ドメニコには生い立ちのせいで、自分の感情に対処せずに、それを封じこめてしまう悪癖があった。

もっと成熟し、感情に支配されることなく、自分の感情を制御できるようになりたいと常々願ってきたが、いまだに思うに任せなかった。

彼は何度も時計を見ては、空港に駆けつけてレイをつかまえ、自分の言ったことは本心ではないと告げる場面を思い描いた。今から駆けつければ、まだ間に合うと。しかし、彼のプライドと分別はその衝動を抑えこんだ。レイを手放したのには真っ当な理由があるのだと。望んでいたキャリアを磨く人生を彼女に送らせるという理由が。

おまえはレイを手放すというより、彼女から逃げたんじゃないのか？　内なる声があざ笑う。

その声をドメニコは頭ごなしに否定したかったが、確かにある程度レイから逃げていたのかもしれないと認めざるをえなかった。というのも、彼女との未来に乗り出すには、自分が彼女にとって充分な存在になれると信じる必要があるからだ。充分な男であり夫になれれば、前回のような大失敗はしないだろう。だが、そんなふうに自分自身を信じるのは、容易ではなかった。長年にわたってつきまとわれ続けた疑念と不安のせいで。それらは腐敗臭のように彼の中に残り、レイに明るい未来を与えることができるかどうかという大きな疑問に直面したとき、恐怖と化して彼の心に吹き荒れ、彼女を手放すという決断に至ったのだ。レイを再び苦しめることに耐えられなかったがゆえに。

自分のオフィスに戻る途中、出くわしたアシスタントにドメニコは言った。「ニコ、これから一時間は誰にも邪魔されたくない。例外は認めない」彼は疲れ果てたような声で命じ、ニコが何か言おうとしているのに気づきながらも、かまわずにオフィスに入ってドアを閉めた。

彼はドアにもたれかかり、目を閉じ、自分が抱える痛みを癒やす時間をつくった。

「悪い一日だった？　いやなことでもあったの？」

はっとしてドメニコは目を開けた。レイがデスクの向こうに座り、青い瞳でこちらを見つめている。彼は目をしばたたき、彼女が幻ではないことを確かめた。

「きみは今頃、ニューヨーク行きの飛行機に乗っているんじゃなかったか？」

「そうよ、ドメニコ。だけど、ニューヨークには行きたくないの」

ドメニコの心はざわついた。レイは行きたくなかったのか？「だが、きみにとって今度の仕事は大きなチャンスだろう？」

その言葉を聞き飽きたかのように、レイはため息をついた。「だけど、それが正しいかどうかわからない。あなたと別れる羽目になるなら、なおさら」

彼は言葉を失った。レイが立ち上がり、デスクをまわりながら近づいてくる。

「愛しているわ、ドメニコ。息をするたびに私の胸はあなたへの愛で息づき、最初にプロポーズされたとき以上に、あなたの妻になりたいと思っている。あなたがどんな人か知って、あなたへの思いはさらに強くなり、残りの人生をあなたと生きたいの」

レイの瞳の輝きが増し、その言葉が真実であることを裏づけていた。

「ニューヨークに打ち合わせに行くと決めた唯一の理由は、私が感じていたすべてのことが怖かったからなの。仕事だけに集中すれば、母と同じ間違いを犯すのではないかという恐怖に苛《さいな》まれなくてすむようになるでしょう。でも、私は母とは違う失敗をしているだけだと気づいたの。なぜなら、母のようになりたくないと必死になることで、私はもう一方の人生、つまり愛のない人生、恐怖に支配された人生を歩もうとしていたから。そんな人生を私は望んでいない。あなたのいない人生なんて生きるに値しないもの」

彼女は希望に満ちた表情でさらに彼に近づいた。

「私が望んでいるのは、ここに残って、あなたの妻になること。数カ月だけじゃなく、ずっと。私たちの結婚生活とお互いのキャリアを両立させるのは簡単ではないでしょう。でも、私はできると信じているし、できると知っている」

ドメニコは弾丸のごときスピードでレイに向かって突き進み、彼女の顔を両手で包みこんで濃厚なキスをした。「僕もきみにここにいてほしい、レイ」息も絶え絶えにつぶやく。「僕がニューヨークに行くよう勧めたのは、またきみの邪魔をしたくなかったからだ。きみがいつか不幸な目覚めを迎えるきっかけになりたくなかった。とはいえ、ニューヨーク行きを勧めたことで、僕はほとんど死にかけた。深い霧の中をずっとさまよっている気分だった」

「あなたが私のためにしてくれたことは、無私で、セクシーで、そして愚かだった。もう二度としないで」彼女はぴしゃりと、けれどまぶしい笑みを浮かべて言った。「ドメニコ、私たちがうまくやっていくには、お互いに正直になる必要がある。自分の思いや考えを伝え合わなくては。どんなにつらくても、どんなに相手がいやがることでも——恐れずに」

「僕は、僕がきみにとって充分な存在になれないことが怖いんだ。どんなに頑張っても、きみにふさわしい男にはなれない」

レイは温かな手で彼の顎を包みこんだ。「ドメニコ、あなたはもう私の望みをすべて叶《かな》えてくれた。それに、あなたは私の邪魔なんかしていない。何をしたいか、何をしたくないか、私はよく考えて決断しているから。ニューヨーク行きは一つのチャンスにすぎない。ほかにもチャンスはあるだろうし、そのときはまた話し合いましょう」

ドメニコは彼女から離れてデスクに向かい、いちばん上の引き出しからファイルを取り出した。それを彼女に手渡して言う。「きみへの贈り物だ」

それを開いて読むうちにレイは目を大きく見開いた。「ビルを買ってくれたの、私に？」

「サリザダ・サン・モイーズの角にある三階建てのビルで、窓が多く、自然光がたくさん入る。それで、スタジオとして使えると思ったんだ。花嫁をそこに連れてきて、相談に乗ったりフィッティングをしたりして、ゆくゆくは一階を店舗にすることもできる。きみの最初の店舗に」

レイは驚愕《きょうがく》の表情を浮かべ、書類とドメニコを交互に、そして何度も見やった。「信じられない」

「マヨルカ島へ向かう機内での会話のあと、適当な物件を見つけてほしいとニコに頼んでいたんだ。きみのために何かしたかった。僕がどれだけきみを信じ、応援しているかを示したかった」レイの腰に腕をまわして引き寄せる。「昔はともかく、これからは常にそうするよ。きみを愛しているから、何よりも誰よりも」

彼は額を触れ合わせた。満足感が体に染み渡る。

「きみは僕の家だ、レイ。僕の居場所だ。そして、僕たちはこの結婚を未来永劫《みらいえいごう》、成功させ続ける」

彼の言葉に感激し、レイは夫にほほ笑みかけた。

「私も約束する。もう逃げたりしない。どんな問題や恐怖に見舞われても、必ずあなたのそばにいる」

「そして、僕はいつでもきみの話に耳を傾け、きみに安らぎと喜びを与えると約束するよ」

「今……」レイはほほ笑みながら、彼の首に手をまわした。「私が必要としているものは、もうそろっているわ」

「僕もだ、シニョーラ・リッチ。きみがいれば、それだけで僕の人生は完璧になる」

エピローグ

三年後

リッチ舞踏会は大盛況だった。ヴェネチアの社交界で最も輝かしいイベントとなり、きらびやかな会場は招待客でごった返していた。豪華なシャンデリアの下、どのテーブルにも着飾った美女がいたが、ドメニコの眼中には誰よりも美しく輝いている妻しか存在しなかった。ドメニコは大勢の人の中から妻を見つけるとすぐに近づいた。

「楽しく過ごしているか？」彼はささやき、彼女のおなかに手をまわした。巧みにデザインされたドレスでも、そのふくらみは隠せなかった。

「ええ。あなたが私のそばに戻ってきてくれたおかげで、さらに楽しくなったわ」レイはつぶやき、彼の顎をそっと撫《な》でた。

「踊ろうか？　おなかが大きくなって何もできなくなる前に、今夜を最大限に楽しみたいんだ」

レイの口元がほころぶ。「赤ちゃんが二人もやってきて、私たちの生活を根底から揺さぶる前にね」

妊娠は完全に計画的なものだったが、双子だとわかると、二人とも唖然《あぜん》とした。

ドメニコもほほ笑みながら妻を引き寄せた。「僕たちなら大丈夫だと思うよ。いつもどおり、力を合わせて臨めば」

二人は仕事と結婚生活を両立させながら、この激動の数年間を乗り切った。リッチ・グループは繁栄を続け、一カ月前に行われたクルーズ船の処女航海は称賛の嵐に包まれた。レイは二年前、ドメニコから贈られたビルでヴェネチアに最初の店をオープンし、ヨーロッパ中から花嫁が訪れた。名声が高まるにつれて、ブライダル・ドレスに対する世界的な需要も高まっていた。ドメニコが仲介した高級デパートとの提携により、彼女は半年前にロンドンに最初のブティックをオープンさせた。四カ月後にはニューヨークで二号店がオープンする。いずれも簡単なことではなかったが、愛と円滑なコミュニケーションによって、二人は見事にやってのけた。

「愛しているわ、ドメニコ・リッチ。あなたなしには私の人生は成り立たない」

「きみは僕のすべてだ。そして早く二人の赤ちゃんに会って、彼らがどれほど完璧で、どれほど愛されているか伝えたい。その日が待ちきれないよ」

七週間後、その日がやってきて、ドメニコは自分の望みを叶《かな》えることができた。

生まれたばかりの娘たちは数週間早く出てきたが、幸い健康に問題はなかった。名前は、エレナとラファエラにすんなり決まった。二人の娘を初めて腕に抱いたとき、ドメニコは彼女たちがどれほど愛され、尊い存在であるかを、熱心に説き聞かせた。

ドメニコは二人を見つめながら、自分の胸が愛であふれ返るのを感じ、自分の変わりように驚嘆した。何もかもレイのおかげだった。

体を休めている妻に優しい目を向け、ドメニコは改めて思った。レイのおかげで、僕は自分自身を受け入れ、過去と和解し、未来をつかむことを学んだのだ、と。そして、彼女のおかげで毎朝、自分は愛されていること、これからもずっと愛され続けることを確信しながら目覚めることができるのだと思い、感謝の念で胸がいっぱいになった。

ハーレクイン®

夫を愛しすぎたウエイトレス
2024年7月20日発行

著　　者　ロージー・マクスウェル
訳　　者　柚野木　菫（ゆのき　すみれ）

発 行 人　鈴木幸辰
発 行 所　株式会社ハーパーコリンズ・ジャパン
東京都千代田区大手町 1-5-1
電話 04-2951-2000（注文）
0570-008091（読者サービス係）

印刷・製本　大日本印刷株式会社
東京都新宿区市谷加賀町 1-1-1

ISBN978-4-596-63692-8 C0297

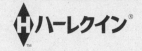

7月26日発売　ハーレクイン・シリーズ 8月5日刊

ハーレクイン・ロマンス　愛の激しさを知る

コウノトリが来ない結婚	ダニー・コリンズ／久保奈緒実 訳	R-3893
ホテル王と秘密のメイド《純潔のシンデレラ》	ハイディ・ライス／加納亜依 訳	R-3894
ときめきの丘で《伝説の名作選》	ベティ・ニールズ／駒月雅子 訳	R-3895
脅迫された花嫁《伝説の名作選》	ジャクリーン・バード／漆原　麗 訳	R-3896

ハーレクイン・イマージュ　ピュアな思いに満たされる

愛し子がつなぐ再会愛	ルイーザ・ジョージ／神鳥奈穂子 訳	I-2813
絆のプリンセス《至福の名作選》	メリッサ・マクローン／山野紗織 訳	I-2814

ハーレクイン・マスターピース　世界に愛された作家たち ～永久不滅の銘作コレクション～

心まで奪われて《特選ペニー・ジョーダン》	ペニー・ジョーダン／茅野久枝 訳	MP-99

ハーレクイン・ヒストリカル・スペシャル　華やかなりし時代へ誘う

ハイランダーの秘密の跡継ぎ	ジェニーン・エングラート／琴葉かいら 訳	PHS-332
伯爵に拾われた娘	ヘレン・ディクソン／杉本ユミ 訳	PHS-333

ハーレクイン・プレゼンツ作家シリーズ別冊　魅惑のテーマが光る 極上セレクション

炎のメモリー	シャロン・サラ／小川孝江 訳	PB-390

※予告なく発売日・刊行タイトルが変更になる場合がございます。ご了承ください。

今月のハーレクイン文庫

7月刊 好評発売中！

帯は1年間"決め台詞"！

珠玉の名作本棚

「プロポーズを夢見て」
ベティ・ニールズ

一目で恋した外科医ファン・ティーン教授を追ってオランダを訪れたナースのブリタニア。小鳥を救おうと道に飛び出し、愛しの教授の高級車に轢かれかけて叱られ…。

(初版：I-1886)

「愛なきウエディング・ベル」
ジャクリーン・バード

シャーロットは画家だった亡父の展覧会でイタリア大富豪ジェイクと出逢って惹かれるが、彼は父が弄んだ若き愛人の義兄だった。何も知らぬまま彼女はジェイクの子を宿す。

(初版：R-2109「復讐とは気づかずに」)

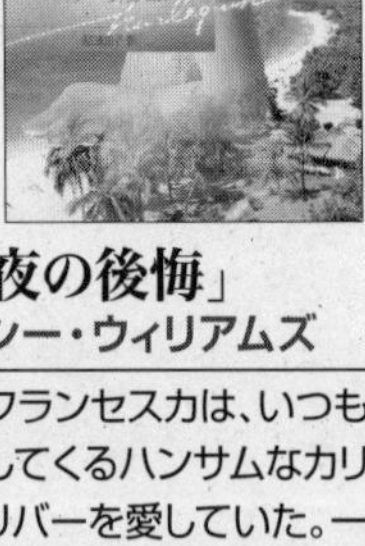

「一夜の後悔」
キャシー・ウィリアムズ

秘書フランセスカは、いつも子ども扱いしてくるハンサムなカリスマ社長オリバーを愛していた。一度だけ情熱を交わした夜のあと拒絶されるが、やがて妊娠に気づく——。

(初版：I-1104)

「恋愛キャンペーン」
ペニー・ジョーダン

裕福だが仕事中毒の冷淡な夫ブレークに愛されず家を出たジェイム。妊娠を知らせても電話1本よこさなかった彼が、3年後、突然娘をひとり育てるジェイムの前に現れて…。

(初版：R-423)